KB267451

고백부터 할게요

고백부터 할게요

김정미 소설

씨드북

✩ 차례 ✩

이달의 미션

오늘은 '스스스' 모임이 있는 날. 소희가 추천한 이색 탕수육을 먹기 위해 무려 인천 차이나타운까지 왔다. 언덕배기, 휘황찬란한 지붕이 있는 식당을 향해 발걸음을 옮겼다.

빨간색과 금색 문양이 기하학적으로 얽힌 문을 열고, 볕이 가장 좋은 창가 테이블에 자리를 잡았다.

"빨리 실물 보고 싶다!"

지민이가 물개 박수를 치며 말했다. 솔직히 소희가 단톡에 보낸 사진을 보고 탕수육이 아닌 공갈빵인 줄 알았다. 동그란 돔 모양의 튀김 덩어리가 어떻게 탕수육일 수 있을까! 맛있겠다는 생각이 하나도 들지 않았는데 실물로 보면 어떠할지 궁금하기는 했다.

"와! 사진이랑 똑같아!"

탕수육을 보자마자 탄성이 터져 나왔다. 실제로 보니 제주도에서 봤던 동그란 오름을 닮았다. 언뜻 둥근 보름달을 반 잘라 접시에 올린 모양새다.

소희가 씩 미소를 지으며 나무망치를 들며 말했다.

"이제 내려쳐 볼까요?"

우리 둘은 고개를 끄덕였다. 지민이는 핸드폰으로 동영상을 촬영했다. 돔 위에 망치를 대고 통통통 두드렸더니 튀김이 바삭바삭 부서지면서 인절미 가루가 섞인 찹쌀 튀김이 탕수육 위에 내려앉았다. 그제야 숨어 있는 탕수육이 얼굴을 내밀었다. 우리는 그 위에 거침없이 소스를 들이부었다.

"엄청 맛있어!"

입에 넣자마자 사르르 녹아내리는 탕수육에 나는 탄성을 질렀다. 우리는 말을 아끼고 열심히 젓가락질했다. 배가 두둑해질 때까지 절대 수다는 허용하지 않겠다는 듯.

나 설가인과 석소희, 손지민. 우리는 성이 모두 'ㅅ'으로 시작한다는 사실 말고도 탕수육에 소스를 왕창 부어 먹는 '부먹파'라는 공통점이 있다.

중학교 1학년 때 같은 반이었던 우리는 1학기가 끝나 갈 무렵

에야 친해졌다. 박물관 견학을 마친 늦은 오후, 담임 선생님이 우리를 중국집으로 데려갔다. 새내기 선생님은 테이블마다 탕수육을 하나씩 쏘는 대범함을 보였다. 물론, 그날 이후로는 사탕 한 알도 사지 않는 자린고비가 됐지만.

각 테이블에 앉아 있던 시옷 성을 지닌 여자아이 셋은 약속이나 한 듯 탕수육에 소스를 들이부었고, 그 자리에서 매장당할 뻔했다. 알고 보니 우리 세 명을 뺀 모두가 '찍먹파'였던 것이다. 기억의 오류일 수 있지만 우리를 보는 눈빛들이 살벌했다.

"왜… 왜… 왜!"

우리의 취향을 지키기 위해 웬만해서는 흥분하지 않는 선생님마저 범죄 현장을 목격한 것처럼 입가를 파르르 떨며 말을 잇지 못했다.

우리 셋의 반응은 다양했다.

"왜요? 탕수육은 부먹이죠!"

이건 나.

"우리 가족은 다 부어 먹는데 아닌 사람도 있구나. 신기하네."

이건 지민.

"죄… 죄송해요. 저… 절로 손이 움직였어요."

이건 소희.

그날 식사를 마친 후 우리는 식당에 남아 부먹파로서의 어려움을 토로했고, 우리의 취향을 지키기 위해 모임을 결성했다. 팀워크를 발휘하려면 팀명은 필수! 우리는 고민 끝에 성에 시옷이 들어간 인연을 소중히 여기며 '스스스 클럽'으로 정했다. 성의 없이 지은 것 같지만 언뜻 암호처럼 들리는, 우리의 정체성을 담은 이름. 여러모로 딱이었다. 그 후로 우리는 탕수육과 소스처럼 뭉쳐 다녔다.

스스스 클럽은 2학년이 되면서 위기를 겪었다. 반이 달라졌을 뿐 아니라 소희, 지민이 학원과 과외를 늘리면서 평일에 시간을 내기 어려워진 것이다. 물론 우리는 학교에서도, 동네에서도 짬을 내어 만나 속사포 쏘듯 수다를 떨었지만 스스스 클럽의 만남은 조금 더 특별해야 했다. 그래서 생각한 게 월 1회 정기 모임을 갖기로 했다. 우리의 모임을 해시태그로 표현하자면 #이달의미션 #탕수육이랄까.

우리는 탕수육이 맛있기로 유명한 중국집을 찾아다니며 눈치 보지 않고 당당하게 소스를 들이부었고 '이달의 미션'을 주고받았다. 매월 한 명씩 돌아가며 미션을 제시하고, 내기에 이긴 친구는 노력의 대가로 상품을 갖는 게 규칙이었다. 다만 미션의 방식이나 승패 기준은 그때그때 셋이 납득하는 방식으로 정했다. 상품은 스티커, 키링, 틴트처럼 멀쩡하되 만만한 것으로 골라 내

 고백부터 할게요

기로 결정했다. 상품 마련에 부담을 갖게 되면 미션이 무서워질 수 있으니까.

만약 우리 모두가 미션에 성공했거나 실패한다면 그 상품은 '벌칙 상자'에 보관했다가 졸업식을 앞둔 마지막 미션에서 승리한 자에게 몰아주기로 했다. 어차피 우리 주머니에서 나오는 상품들은 고만고만한 것이므로 부담도 없고, 마지막 미션에서 한 방에 다 가질 수 있으니까 일희일비할 필요도 없다. 그런데도 왜 이렇게 미션을 할 때마다 승부욕이 생기는 걸까? 아, 맞다! 벌칙 상자에는 '왕 카드'가 있었지. 말 그대로 왕처럼 무엇이든 시킬 수 있는 권한을 주는 카드. 승부욕을 자극하기 위해 셋이 함께 고심해 만든 특별 카드다.

어른들이 보면 '사행성이 어쩌고저쩌고' 할 게 빤한 미션을 만든 이유는 첫째, 스스스 클럽의 출석률을 높이기 위해서다. 우리 스스스는 반드시 살아남아 지구 아니, 미식가들의 평화를 지켜야 했으니까. 둘째, 너무나 심심했기 때문이다. 대한민국 중학생들의 삶은 공부 아니면 핸드폰이 전부였다. 도무지 재밌는 것도, 즐길 것도 많지 않은 우리는 재밌는 일을 벌이고 싶어 미칠 것 같았다! 남에게 폐 끼치지 않고 우리끼리 할 수 있는 걸 고민하다가 생각해 낸 거다.

솔직히 처음에는 '얼마나 갈까?' 의문이 들었지만 어느 순간
부터 우리는 미션에 목숨을 걸고 있었다. 왜 그러냐고 묻는다면
그저 남아도는 에너지를 달리 쓸 곳이 없었다고밖에는….

이번 달 미션은 지민이 차례였다. 배가 어느 정도 두둑해졌을
때 지민이에게 물었다.

"손지민! 미션 생각해 봤어?"

지민이가 젓가락을 탁 내려놓고 진지하게 말했다.

"그러엄! 3학년 되기 전에 남자 친구 만들기!"

"캑캑캑!"

이 무슨 '찍먹' 하는 소리인가? 소희가 물을 건네준 덕분에 가까
스로 살아났다. 머릿속에 얼굴 하나가 떠올랐다. 바로 나만의 아이
돌 최강인! 강인 오빠는 우리 학교 3대 꽃미남이자 축구부 주장이
다. 또래 친구들은 최애 아이돌을 보러 콘서트에 가지만 나는 오빠
가 축구 하는 걸 보려고 매일 점심시간마다 학교 운동장으로 간다.
축구에 전혀 관심 없는 나의 마음을 돌릴 정도면 말 다 했지.

내가 고백하면 강인 오빠가 내 남자 친구가 되어 줄까? 그럴
리가 없잖아! 나는 팔짱을 끼며 투덜거렸다.

"치! 너한테 유리한 미션이잖아."

내 말에 지민이가 새초롬한 표정을 지었다. 지민이는 지난주

 고백부터 할게요

영어 캠프에서 만난 수호와 매일 연락을 주고받는다. 비록 멀리 떨어져 있긴 하지만 누구든 먼저 사귀자고 고백한다면 1초 만에 커플이 될 것이다.

"어차피 내기는 이기려고 하는 거 아니야? 지난달에 네가 한 말 기억 안 나?"

와, 뒤끝 심하다!

지난번에 내가 낸 미션은 '급식 남기지 않고 다 먹기'였다. 미션을 제시했을 때, 입 짧기로 유명한 지민이가 발끈하며 말했다.

"싫어! 너한테 유리한 메뉴 나오는 날로 정하려는 거지?"

나는 팔짱을 끼며 진지하게 말했다.

"다음 주 월요일에 하면 되지?"

우리 학교는 금요일마다 다음 주 식단을 공지한다. 내가 미션을 제안한 날은 목요일이었고, 나도 가리는 메뉴가 있어서 공평한 미션이었다.

금요일 오후, 지민이가 단톡방에 우는소리를 했다.

지민

비빔밥이라니, 망했어! 이번 미션 설가인 너한테 유리하잖아! 넌 거의 다 잘 먹으니까.

지민이는 콩나물, 시금치, 당근, 버섯을 싫어한다. 나는 방긋 웃으며 답을 남겼다.

어차피 내기는 이기기 위해 하는 거 아니야?

결전의 그날! 지민이는 식판을 든 순간부터 비장한 표정으로 영양사 선생님께 간곡히 부탁했다.

"제가 배가 아파서…. 채소 빼 주시면 안 돼요?"

하지만 선생님은 단호하게 고개를 흔들며 채소를 듬뿍 담아 주었다.

"벌써 포기하는 거 아니지?"

내 말에 지민이는 오기가 생겼는지 눈을 부릅뜨고 비빔밥을 입 안에 욱여넣기 시작했다.

"아, 맛있다! 맛있어!"

맛있다는 말로 자신을 속여 가며. 그런데 점점 식판 한구석에 버섯이 쌓여 갔다.

"애들아, 제발. 버섯은 봐주라. 얘는 독버섯이야. 나는 절대 못 먹어. 먹으면 죽어!"

지민이가 버섯 산을 가리키며 우는소리를 했다. 귀여워서 봐

주고 싶었지만 승부는 냉정하니까. 나는 반찬으로 나온 김치와
메추리알까지 싹싹 긁어 먹고 숟가락을 탁 내려놓으며 말했다.

"소중한 내 친구. 절대 죽으면 안 되지. 이번 미션은 지민이 패!"

내 말에 지민이가 입을 댓 발 내밀었다.

놀라운 일은 그다음에 일어났다. 소희가 식판을 싹 비운 것이
다. 지민이가 편식은 심해도 입에 맞는 반찬만큼은 싹싹 긁어 먹
는다면, 소희는 뭐든 잘 먹는 대신 꼭 한두 숟가락씩 남기곤 했
다. 그런 소희가 식판을 바닥까지 싹 비우다니, 이건 사건이다.

"치! 다음 미션 두고 보자."

지민이가 장난스럽게 눈을 흘겼다.

이렇게나 뒤끝이 심할 줄이야. 두고 보자더니 '남자 친구 만
들기'라는 황당한 내기를 들고 온 거다. 안 돼! 이번 미션은 2학
년의 마지막 미션이란 말이야.

지난 내기들에서 하나둘 모여 온 벌칙 상자 속 물건들이 머리
에 떠올랐다. 지민이와 소희는 왕 카드를 탐낼 것이다. 하지만 내
가 원하는 건 오로지 피규어뿐이다. 쿠키 캐릭터가 마시멜로를
껴안고 있는 히든 아이템! 저 녀석을 사기 위해 '시크릿 박스' 언
박싱을 몇 번이나 했는지 모른다. 한 개에 2만 원이 넘는 상품을
열 번이나 샀는데도 히든 아이템은 나오지 않았다. 그런데 소희

가 상품으로 저걸 내놓다니. 충격적이었다.

"야! 이거 내가 엄청 갖고 싶었던 건데…. 그냥 나 주지!"

"진짜? 전혀 몰랐어."

나는 덤덤히 내 몸 구석구석을 보여 줬다. 양말, 시계, 핸드폰 케이스… 심지어 가방에도 쿠키 캐릭터 인형이 달려 있었다. 눈썰미가 없는 줄은 알았지만 이 정도일 줄은 몰랐다.

"어떡해. 사촌 동생이 필요 없다고 나 준 건데 그렇게 귀한 줄 몰랐어. 미안해."

소희가 울상을 하며 말했다. 소희는 착한 게 탈이다. 나는 소희가 잠 못 이룰까 봐 괜찮다고 말했지만 사실 내 속마음은 정반대였다. 내 책상 한 구석을 차지하고 있는 쿠키 피규어들. 그중 비어 있는 히든 아이템 자리를 생각하면, 도저히 괜찮을 수가 없었다. 그래서 나는 그날 이후로, 내기에서 절대 질 수 없게 됐다. 그러려면 '남자 친구 만들기' 미션을 이겨야 한다!

"마지막 미션은 지민이가 이길 것 같은데. 지민이에게는 수호가 있잖아."

소희가 침울한 얼굴로 말했다.

"아니야. 소희 너에게 유리한 미션인 거 몰라? 우리 중에 제일 인기 많으면서!"

지민이가 소희 등을 토닥이며 말했다. 석소희로 말할 것 같으면, 우리 셋 중에 인기가 가장 많은 아이였다. 정확한 이유는 모르겠다. 얼굴이 작고 쌍꺼풀이 있어서? 피부가 희고 팔다리가 가늘어서?

소희는 일 년 동안 총 다섯 명에게 고백받았다. 최근에도 옆 학교 아이에게 고백받았다고 했다. 역시나 이번 미션에서 가장 불리한 건 나였다.

"맞다! 가인아, 이번 기회에 강인 오빠한테 고백하면 되겠다!"

소희가 내 마음을 읽었다. 하지만 어디까지나 짝사랑일 뿐이다. 고백했다가 차이면 어떡해.

"오! 그렇네. 어차피 강인 오빠 곧 졸업하잖아. 까이면 좀 어때? 내년부터 안 볼 사이인데 뭘."

지민이가 혓바닥을 내밀었다. 이게! 나도 모르게 눈에 힘이 들어갔다.

"야. 장난이야."

지민이가 재빨리 변명했다. 나는 울상을 지으며 소희에게 매달렸다. 소희야, 제발 너라도 내 편을 들어 줘! 간절한 눈빛을 보내자 소희가 입을 열었다.

"맞아. 고백할 수 있는 용기가 대단한 거지."

소희가 진지하게 고개를 끄덕였다. 가만, 틀린 말이 아니다. 지금 이 상황을 용기 내어 헤쳐 나가야 한다. 지민, 소희와 달리 나에게 유리한 건 뭐가 있을까? 머릿속이 혼란스러워졌다.

"복잡하게 생각하지 말고, 하태양은 어때?"

지민이가 내 팔을 콕 찌르며 말했다. 날 열받게 하려고 일부러 태양이를 얘기하는 거다.

"야! 조리원 동기는 빼시지?"

태양이는 나랑 같은 날 같은 병원에서 태어나, 같은 조리원에서 같은 분유를 먹은 사이다. 엄마끼리 친해진 덕분에 우리도 자연스럽게 붙어 다녔다. 엄마와 이모는 둘의 관계를 이렇게 말하고 다녔다.

"조리원 동기예요!"

역시 반복 학습은 무섭다. 언제부턴가 나도 자연스럽게 태양이를 '조리원 동기'라 부르게 됐으니까.

"왜? 전학 가기 전까지 가인이 널 졸졸 따라다녔다며! 태양이 귀엽게 생겼잖아!"

"태양이는 그냥 남동생 같다고."

물론 지금은 나보다 훨씬 크지만.

태양이는 초등학교 2학년 때 다른 학교로 전학을 갔다가 중학교 1학년 때 다시 우리 옆 반으로 전학 왔다. 키도 훌쩍 크고 볼살도 쏙 빠져서 처음엔 태양이를 몰라 봤다.

"나 태양이랑 같은 영어 학원 다니잖아. 엄청 착하고 괜찮던데?"

소희까지 거들었다.

"괜찮으면 너희 둘이 사귀든가."

"네가 불리하다고 하니까, 생각해 준 거지."

지민이가 별일 아니라는 듯 말했다. 나는 천천히 상황을 다시 따져봤다.

손지민. 수호와 멀리 떨어져 지내는 탓에 주말 말고는 만나지 못한다. 날마다 연락을 주고받지만 그 감정이 진짜인지 가짜인지 헷갈린다고 했다.

석소희. 남자애들에게 시도 때도 없이 고백을 받지만, 마음에 드는 사람은 없었다고 했다. 게다가 소희는 로맨스 영화처럼 첫눈에 마음을 빼앗을 운명적인 사랑을 찾고 있다.

그리고 나 설가인. 나에게는 그저 바라보기만 해도 가슴이 두근거려 터질 것만 같은! 강인 오빠가 있다.

'그래, 이거야. 진정한 사랑.'

우리 셋 중 나의 사랑만이 오직 '진짜'라는 확신이 들었다.

덕질 끝에 돌직구

나는 목소리를 가다듬고 근엄하게 말을 꺼냈다.

"미션 접수할게. 단, 조건이 있어!"

"진짜 좋아하는 사람이랑 사귀어야 해. 내기에서 이기려고 아무나 사귀는 거 말고 진정한 사랑이어야 한다고. 오케이?"

"당연하지. 마음에 없는 사람이랑 사귈 수는 없잖아."

소희의 대답에 지민이가 마지못해 고개를 끄덕였다. 둘의 어두워진 얼굴을 보니 왠지 모를 자신감이 샘솟았다. 당장 강인 오빠에게 고백하고 말 테다! 어디선가 읽었는데 미남을 얻는 건⋯ 미녀, 아니, 그게 아니지. 바로 나처럼 용기 있는 자라고!

"설가인, 너 강인 오빠에게 고백하려고? 언제?"

지민이가 초조한 목소리로 물었다.

"졸업식 날."

내 말에 둘이 입을 떡 벌렸다.

"다음 주 월요일이잖아. 역시 터프 가인! 이번 내기, 쉽게 끝날지도 모르겠네."

소희의 말에 피식 웃음이 나왔다.

사실 시간이 없었다. 3학년이 되는 공식 날짜는 3월 2일 입학식. 이제 남은 시간은 고작 한 달이다. 그때까지 반드시 남자 친구를 만들어야 했다. 내기의 조건이 '진정한 사랑'이라면, 설가인의 남자 친구 자격은 오로지 최강인에게만 있으니 어서 빨리 결판을 지어 공식화해야 했다. 그러려면 졸업식 전에 모든 걸 끝내야만 한다. 강인 오빠 얼굴을 똑바로 마주 볼 생각을 하니 벌써 가슴이 마구 뛰기 시작했다.

지민이는 답이 없었다. 아마 수호 생각으로 머리가 복잡할 거다. 진정한 사랑이라는 대목에서 자신감을 잃었을 테니까.

미션에 대한 승부욕이 생기자, 강인 오빠를 향한 내 마음의 경로가 변경됐다. 예전에는 강인 오빠가 보기만 해도 만족스러운 아이돌 같은 존재였다면 지금은 쿠키 피규어가 되어 버렸다.

집으로 가는 버스 안, 창가에 머리를 기대자 나도 모르게 얼굴이 벌게졌다. 강인 오빠와 운명적으로 손을 맞잡았던 그 순간이 떠올랐다.

한 달 전, 강인 오빠와 복도에서 부딪혔다. 나는 그대로 뒤로 넘어지며 엉덩방아를 찧었고, 아이들의 시선이 일제히 내게 꽂혔다. 친구들에게 제대로 놀림을 받을 거란 생각에 얼굴이 화끈거릴 때쯤, 강인 오빠가 멋진 장면을 연출해 주었다. 바로… 무릎을 굽히고 앉아 내게 오른손을 내민 것이다.

"괜찮아?"

"네? 네에."

강인 오빠의 부드러운 손을 잡고 자리에서 일어섰다. 십 초가 마치 한 시간처럼 천천히, 아주 천천히 흘러갔다. 그리고 까만 오빠의 눈동자에 빠져들고 말았다.

오해할까 봐 밝혀 두는데 금방 사랑에 빠지는 사람이 아니다. 비록 남자 친구를 사귀어 본 적 없는 '모태 솔로'이긴 하지만 그건 내가 연애를 못 해서가 아니라 안 했기 때문이다. 나 하나 챙기며 살기에도 벅찬 세상이라 믿었다. 하지만 이제는 나보다 더 소중한 사람이 생겼다.

강인 오빠가 내게 손 내민 순간은 꼭 엄마 아빠가 즐겨 보는 드라마 속 흔한 장면 같다. 언젠가 사랑에 빠지더라도 이런 뻔한 스토리를 기대하지는 않았는데. 하지만 무슨 상관인가. 세상에서 오직 하나뿐인, 우주 최강 멋있는 소년이 내 앞에서 웃고 있는데!

강인 오빠는 내가 다치지 않았는지 한 번 더 묻더니, 다정하게 말했다.

"혹시 나중에라도 아프면 찾아와. 3학년 2반 최강인이야."

뭐? 강인이라고? 나는 가인, 그는 강인. 이렇게 이름이 비슷하다니, 우린 운명이다! 옆에서 오랑우탄 같은 남자 아이들이 팔다리를 흔들며 '끽끽끽끽' 놀려 댔다. 그러거나 말거나 강인 오빠는 묵묵히 자리를 떴다.

멍하니 멀어져 가는 강인 오빠의 뒷모습을 바라봤다. 땀에 젖은 머리카락이 바람에 흩어졌다. 오빠가 고개를 돌려 앞머리를 슥 쓸어 넘기는 찰나, 날카로운 콧날이 번쩍 빛났다. 저렇게 오뚝한 콧날을 가진 사람이 존재할 수 있다니! 열기가 채 식지 않은 체육복 주변으로 벚꽃이 흩날렸다. 분명, 한겨울이지만 내 눈에는 그렇게 보였다. 맞다. 사랑에 빠져 버린 거다. 그것도 아주 지독한 사랑에.

그때부터 나의 덕질은 시작됐다. 점심시간마다 운동장이 내다보이는 계단에 앉아 벌벌 떨면서 축구 경기 아니, 강인 오빠를 구경했다.

"너 완전히 미쳤구나?"

지민이가 거칠게 쏘아붙였다. 물론 충분히 이해한다. 학교에
서 스스스 클럽이 모일 기회는 점심시간밖에 없으니까. 우리는
급식을 먹자마자 다시 매점에 달려가 도넛이나 감자칩을 먹으며
아이돌 영상을 보고, 신곡을 듣고, 수다를 떨었다. 그런 우리의 루
틴이 강인 오빠 아니, 나 때문에 깨져 버렸다. 누가 내 목에 칼을
겨눈다 해도 나는 날마다 여기, 이곳에 와야만 했다. 오직 이 시
간만이 유일하게 강인 오빠를 실컷 볼 수 있으니까!

"쉿!"

내가 입술에 손가락을 갖다 대자 이번에는 소희가 조용히 탄
식했다.

"후. 애써 밥 먹고 왜 저렇게 에너지를 버리나 몰라. 가만히 있
어도 5교시 끝나면 배고픈데."

나도 예전에는 소희와 같은 생각을 했다. 날씨가 덥든 춥든
교복 재킷을 벗어 던지고, 동그란 공 하나만 보며 미친 듯 달려
나가는 아이들이 이해되지 않았다. 하지만 지금 나에게 축구는
언제나 옳다. 강인 오빠가 좋아하는 스포츠니까.

한번은 내 신경을 긁으려고 작정했는지 지민이가 이렇게 물
었다.

“너 오프사이드는 뭔지 알아? 프리킥은?”

이 따위에 내가 굶힐쏘냐!

“몰라.”

내 말에 지민이가 혀를 찼다. 지민이는 온 가족이 축구 팬인 덕분에 국가 대표 경기나 유럽 프로 축구 경기를 빼놓지 않고 보는 편이다. 하지만 학교 운동장에서 펼쳐지는 축구 경기에는 관심이 전혀 없다. 유치해서 봐 줄 수가 없다나 뭐라나. 아니, 저렇게 황홀하기만 한데 말이야.

잠시 후, 강인 오빠가 골을 넣고는 팔다리를 이리저리 흔들며 세리머니를 했다.

“얘들아 봤어? 강인 오빠가 골 넣는 거? 꺅!”

“별 오두방정 세리머니를 다 보네.”

지민이의 말에 못 참고 홱 째려봤다. 그제야 지민이는 소희 손을 붙들고 줄행랑을 쳤다. 그때부터 둘은 오직 나만을 위한 단독 공연에 끼어들지 않았다. 그런 친구들에게 진심으로 고마웠다.

말로는 투덜거려도 소녀들의 덕질은 매우 의리 있다.

“강인 오빠 불닭 치킨 좋아한대!”

지민이는 무심하게 슬쩍 정보를 흘리고 가기도 했고.

"핸드폰 번호야. 저장해."

소희는 강인 오빠와 같은 학원에 다니는 오빠를 통해 얻은 고급 정보를 주기도 했다. 강인 오빠의 핸드폰 번호를 받고 기절할 뻔했다.

핸드폰 번호는 앞의 세 자리만 제하고 나면 여덟 자다. 이 중 다섯 개나 숫자가 같았다. 이름도 비슷하고, 핸드폰 번호도 비슷하다. 아무리 봐도 우리는 운명일 수밖에.

나는 오빠의 핸드폰 번호를 '1번'이라 저장했다. 혹시나 누가 내 핸드폰을 뒤져 보면 안 되니까. 그리고 서둘러 모바일 메신저에 세컨드 계정을 만들어 오빠만 쏙 담아 뒀다. 오빠의 추천 친구 목록에 내 계정이 뜨지 않도록!

적당히 지내던 친구들까지 나에게 알음알음 오빠의 정보를 알려 줬다. 웬만한 것에는 감동하지 않는 나인데 눈시울이 살짝 붉어지려고 했다.

"강인 오빠 외동아들이래."

"뉴식스 허니 좋아한대."

"파란색 좋아한대."

"사거리 코인 노래방 자주 다닌대."

무언가에 강렬하게 꽂힌 마음을 열렬히 지지해 주는 마음. 그게 소녀들의 '덕질 연대'가 아닐까.

그렇게 강인 오빠를 향한 나의 마음은 정보력과 함께 나날이 깊어만 갔다. 그중 결정적인 것은 바로 SNS였다. 오빠의 별스타그램을 발견한 날, 베개에 얼굴을 묻고 '꽤에에엑' 소리 질렀다. 그러곤 날마다 별스타그램을 들락날락했다.

사실 오빠의 SNS에 사진이라고는 스무 장이 전부였다. 오빠의 셀카, 좋아하는 축구 선수 사진, 축구 경기 사진. 그런데도 나는 매일같이 오빠의 SNS를 내 집 안방처럼 드나들었다. 거기서 할 수 있는 일은 무궁무진했다. 오빠 계정을 팔로우한 친구들까지 타고 들어가 구경하다 보면 밤이 이슥해지곤 했다.

그러던 어느 날, '담비'라는 닉네임의 계정을 발견했다. 강인 오빠의 SNS 첫 게시물에 달려 있던 하트 댓글, 그리고 이어지는 강인 오빠의 웃는 이모티콘. 담비 계정에는 하늘, 신상 과자, 스티커, 다이어리 같은 시답잖은 사진들만 있었다. 어떻게 생겼는지 궁금했는데 얼굴 사진은 하나도 없었다. 어쩌다 찍힌 손가락 사진, 머리카락 사진이 다였다.

소중한 정보통에 따르면 강인 오빠는 옆 동네 중학교 3학년 언니랑 사귀다가 헤어졌다고 한다. 담비가 그 언니일까? 나는 사건을 파헤치는 탐정처럼 날마다 강인 오빠 계정과 담비 계정을 들락거렸다.

그렇게 나 홀로 덕질을 한 지 어느덧 한 달. 이제는 승부수를 띄워야 할 차례다. 강인 오빠를 내 남자 친구로 만들기 위한 정면 승부!

나는 스스로 질문을 했다. 도대체 무엇을 위해 이 게임에 도전하는 거냐고. 미션에서 이기기 위해? 아니면 진정한 사랑을 얻기 위해? 정답은… 모두 다! 원래 근사한 건 결코 혼자 오지 않는다. '원 플러스 원'이나 '투 플러스 원'처럼 좋은 것들은 언제나 세트로 찾아오는 법이니까. 그래, 이제부터는 돌직구다!

큐피트의 신이시여!

"다녀왔습니다!"

현관에 들어섰더니 낯익은 운동화가 놓여 있었다. 하태양 운동화다. 요즘 들어 우리 집에 뻔질나게 드나든다.

태양이가 부엌에서 빼꼼 얼굴을 내밀었다.

"라면 먹을래?"

보나 마나 재수탱이, 설가현이 시킨 짓일 게 뻔했다. 설가현의 손아귀에서 벗어나라고 따끔하게 말해 주려 했는데 코끝을 찌르는 라면 냄새에 그만 고개를 끄덕이고 말았다.

태양이가 콧노래를 부르며 라면 봉지를 뜯었다.

그때 소파에서 거북한 목소리가 들려왔다.

"어휴, 태양이 너는 착해서 탈이야. 쟤는 왜 챙기냐? 아하! 첫

사랑 굶을까 봐 걱정하는 거야?”

언제 적 첫사랑이야? 유치원 때 태양이가 나랑 결혼하겠다고 말한 걸 아직도 기억하고 설가현은 툭 하면 저 얘기를 했다. 그만 좀 하라고 빽 소리치려는데 태양이가 들고 있던 냄비를 바닥에 떨어뜨렸다. ‘우당탕탕!’ 요란한 소리가 사방으로 퍼졌다.

태양이가 얼굴을 붉히며 사과했다.

“미안, 미안!”

나는 괜찮다는 말 대신 고개를 흔들었다. 이 모든 건 전부… 설가현 때문이라고!

나는 소파에 벌러덩 누워 다큐멘터리를 보고 있는 설가현에게 다가갔다. 세상에서 가장 재수 없는 존재, 공식적으로는 3학년 1반 반장이고 비공식적으로는 내 오빠다.

“시비 걸지 마라!”

내 말에 설가현이 혀를 찼다.

“허!”

솔직히 말하자면 나는 오빠를 우리 집 탁상시계로 생각한 지 오래다. 탁자 위에 아무렇게나 놓여 있는, 그냥 거기에 있구나 싶은, 스마트워치에 밀려 별 도움도 안 되는 그런 존재. 이미 난 스스로를 설가(家)의 외동딸로 여기고 있었다.

“라면 다 됐습니다!”

태양이의 말에 나는 얼른 방으로 가서 편한 옷으로 갈아입고 나왔다. 태양이가 탁자 위에 라면 냄비를 올렸다. 걷어 올린 팔뚝 위로, 단단한 근육이 도드라졌다.

“오, 하태양! 운동한다더니 근육 제법인데?”

설가현도 봤나 보다. 그나저나 운동? 어릴 때는 나보다 달리기도 느리고, 점프도 못 하던 녀석이었는데.

“형도 같이하자니까.”

“싫어. 난 숨쉬기 운동만으로도 족해. 어차피 내려올 산, 왜 올라가는지 그게 궁금한 1인으로서 암벽등반 따위 평생 할 일이 없다고요.”

암벽등반? 언젠가 TV에서 국가 대표 선수들이 벽에 달린 돌을 붙들고 올라가는 장면을 본 적이 있다. 참 신기한 운동이다, 언젠가 해 보고 싶다고 생각했는데 태양이가 하는 운동이 암벽등반이란 말이지? 어떤 운동인지 호기심이 생겨 물어보고 싶었지만 지금 내게 가장 중요한 일은 단 하나! 바로 라면을 먹는 일.

“잘 먹겠습니다!”

오예! 내가 좋아하는 꼬들꼬들한 면발이다.

“태양아, 면발이 이게 뭐야? 형은 말이지, 푹 익은 면발을 좋아한다고.”

설가현은 그렇게 투덜대더니 다시 호로록 라면을 먹었다.

“허! 라면은 꼬들꼬들한 면발이 진리지! 고맙다고 절은 못할망정.”

내 말에 태양이가 미소를 지었다. 화를 내야 할 타이밍에 배시시 웃기만 한다. 그러니까 설가현이 부려 먹지.

“야! 너 요즘 왜 자꾸 우리 집에 와? 설가현한테 무슨 책잡혔냐?”

“오빠한테 또 설가현이라고 하지, 저게!”

재수탱이가 젓가락을 탁하고 내려놓았다. 그러자 태양이가 그릇에 라면을 더 퍼 주며 오빠를 다독였다.

“형한테 수학 문제 물어보려고 왔지. 형 진짜 잘 가르쳐 주거든.”

태양이의 말에 설가현 어깨가 쫙 펴졌다.

“너 많이 변했다. 공부에는 관심 없는 줄 알았는데.”

무심하게 말했다. 태양이가 대답 없는 틈을 타 설가현이 끼어들었다.

“태양이가 정상인 거야. 맨날 핸드폰이나 하고 친구들이랑 탕수육이나 먹으러 다니는 너는 좀 달라질 필요가 있지.”

어휴, 말을 말자. 나는 절레절레 고개를 흔들며 라면을 먹었다.

태양이와 나는 동갑인 엄마끼리 친해지는 바람에 조리원도 모자라서 같은 어린이집, 유치원을 졸업하고 같은 초등학교에 입학했다.

태양이는 나와 나이가 같지만, 내 기억 속에서는 늘 남동생이었다. 작게 태어난 태양이와 달리 우량아였던 나는 어릴 적 줄곧 태양이보다 몸집이 컸다. 그래서 태양이가 넘어져 울음을 터뜨리면 달려가 일으켜 세워 주고 이것저것 챙겨 주곤 했다.

어느 날, 태양이가 이사를 갔다. 가족만큼이나 영원히 내 곁에 있을 것 같던 녀석이 이사를 간다니. 실감이 나지 않았다. 초등학교 2학년으로 올라가기 전, 겨울방학 때 일이었다. 이모가 회사에서 다른 지역으로 발령받는 바람에 어쩔 수 없었다고 했다.

태양이가 이사하는 날, 우리 가족은 아빠 빼고 모두 엉엉 울었다. 특히, 태양이와 내가 꼭 껴안고 놓지 않는 바람에 어른들은 우리 둘을 떼어 놓으려고 애를 먹었다. 그날 생각을 하면 조금 민망한 기분이 든다.

시간이 약이라는 말처럼 태양이가 없는 시간도 점점 괜찮아졌다. 매일 태양이 목소리가 듣고 싶다고 졸라 댔던 나인데 언제부터인가 엄마가 태양이와 통화하라라며 건네는 핸드폰을 괜히 피하곤 했다.

그렇게 태양이와의 추억이 희미해지던 중학교 1학년 2학기. 태양이가 다시 우리 학교로 전학 왔다. 처음에는 태양이가 아닌 줄 알았다. 나보다 작고 말랐던 녀석이 키도 덩치도 커져 있었으니까. 변하지 않은 건 웃을 때마다 휘어지는 특유의 '반달눈'뿐이었다.

나는 라면을 먹다 말고 오빠보다 어깨가 넓어진 태양이를 멀뚱히 쳐다봤다. 전학 간 5년 사이 무슨 일이 있었던 것일까?

그러다 태양이와 눈이 마주쳤다. 태양이가 눈을 짧게 깜빡거렸다. '왜?' 하고 묻는 거다. 나는 씨익 웃으며 아무것도 아니라는 듯 고개를 가로저었다. 여전히 태양이랑은 말로 표현하지 않아도 소통이 가능했다.

"둘이 뭐 하냐? 눈으로 내 욕 하냐?"

설가현이 심술을 부렸다.

"어머 들켰네? 태양아 잘 먹었어. 설거지는 설가현이 할 거니까 두고 가."

나는 혓바닥을 내밀고 부리나케 방으로 도망갔다. 약이 올라가자미눈으로 변한 설가현을 보니 속이 다 시원했다.

"야! 설가인! 너 내가 만만하지? 그렇지?"

문을 닫자 듣기 싫은 소리가 멀어졌다.

나는 침대에 드러누워 SNS를 열고 강인 오빠 계정에 들어갔다. 여전히 아무것도 올라오지 않았다. 습관처럼 담비 계정에 들어갔다. 강인 오빠의 SNS를 타고 들어간 수상한 계정. 어쩌면 담비가 강인 오빠의 전 여자친구인지 모른다. 그런데… 평소와 다른 게시물이 있었다. 분홍색 하트로 가득 찬 사진에는 "다시 시작해 볼까?"라는 글이 적혀 있었다.

"안 돼!"

벌떡 일어나 게시물을 캡처하고 스스스 단톡방에 올렸다. 그러자 애들이 대꾸했다.

소희

말 그대로 그냥 공부든 뭐든 다시 시작해 보자는 말 아닐까?

지민

월요일까지 기다리지 말고, 내일 고백해!
목, 금, 토, 일! 4일 사이에 무슨 일이 벌어질 줄 아냐?

나도 모르게 고개를 끄덕였다. 내일은 목요일이고 금요일은 공휴일이었다. 졸업식까지 무려 4일이나 남았다. 역사를 쓰기에 너무나 충분한 시간이라고! 그러려면 먼저 설가현에게 정보를 캐내야겠다.

얼마나 시간이 지났을까. 태양이가 현관을 나서는 소리가 들렸다. 다시 나가서 물어보기는 어색하니, 설거지를 한 다음 설가현에게 물어보려고 했다.

부엌으로 갔더니 싱크대가 깨끗했다.

"오! 진짜 설거지했네?"

내 말에 설가현이 톡 쏘아붙였다.

"태양이가 했다 왜?"

"내가 하려고 했는데…."

라면도 끓인 녀석이 설거지까지 하다니. 이 모든 게 설가현이 수학을 잘 가르쳐 줘서라고? 말도 안 된다. 둘 사이에 분명 뭔가가 있다! 나는 말을 잇지 못하고 설가현 얼굴을 뚫어져라 쳐다봤다.

"왜?"

그제야 할 말이 떠올랐다.

"오빠."

"웩! 뭐 잘못 먹었냐?"

설가현이 토하는 시늉을 했다. 마음 같아서는 당장 자리를 뜨고 싶었지만, 강인 오빠 얼굴을 생각하며 꾹 참았다.

"혹시 강인 오빠랑 친해?"

그러자 재수탱이가 날 의심스러운 얼굴로 봤다.

"2반 최강인?"

내가 고개를 끄덕이자 입술을 씰룩거리며 같잖단 듯 말했다.

"왕재수 말하는 거지? 걔 빡돌면 책가방 발로 차고 말할 때마다 빈정거리고 잘난 척 장난 아니야. 공부도 못하고 인성도 별로라서 나는 상대 안 하지. 절대."

'왕재수는 너 아니고요?'

이렇게 말하려다 참았다. 아니, 사람을 얼마나 화나게 했으면 점잖은 강인 오빠가 공이 아닌 책가방을 찼을까. 그리고 잘난 척하는 게 아니라 그냥 잘난 거다. 공부 좀 한다고 사람 무시하는 네가 인성 꽝인 거고.

나는 마음을 가다듬고 물었다.

"여자 친구 없지?"

재수탱이가 갑자기 눈을 작게 떴다.

"혹시 너 왕재수 좋아하냐?"

눈치는 빨라요.

“아니, 누가 물어봐서.”

“여자 친구 있는지 없는지 내가 어떻게 아냐? 그나저나 난 반 댈세.”

그러면서 뚱딴지 같은 소리를 덧붙였다.

“난 내 동생이 그런 왕재수 좋아하는 거 싫다. 남자는 듬직하고, 속 깊고, 성실해야지. 태양이처럼.”

“태양이가 너 좋아했잖아. 너희 둘 뽀뽀도 했는데, 기억 안 나? 그…”

당했다. 이건 예상치 못한 시나리오다. 언제 적 뽀뽀 이야기를 하는 건가. 같은 어린이집을 다니던 시절. 태양이는 나만 보면 달려와 부둥켜안고 뽀뽀했다. 순진무구한 그 시절 이야기를 꺼내며 놀리다니.

“너나 잘하세요! 태양이 부려 먹지 말고!”

“뭐? 그런 거 아니거든!”

찔리는 게 있는지 설가현이 빽 소리 질렀다.

“여드름 대왕, 왕재수탱이!”

혓바닥을 내밀고 냅다 방으로 도망쳤다.

“저게! 보자 보자 하니까!”

재수탱이가 이를 악물고 달려왔다. 멸치처럼 깡말라서 그런가 제법 달리기가 빠른 편이다. 하마터면 잡힐 뻔했다.

"휴."

문을 쾅 닫고 숨을 몰아쉬었다. 설가현이랑 진지한 대화가 통할 거라고 생각한 내가 잘못이었다. 나는 거실이 조용해진 틈을 타 엄마 화장대에서 마스크 팩을 하나 챙겨 나왔다. 내일 강인 오빠에게 고백해야 하니까!

벌써 가슴이 방망이질을 쳤다. 뜨거워진 얼굴에 팩을 붙였더니 열이 조금 가라앉는 것 같았다. 부디 나에게 큐피드의 신이 함께하길!

진정한 사랑

　운동장이 내려다보이는 교실 창가에 서자, 칙칙한 운동장 위로 서광이 내리쬐는 듯했다. 이게 다 '강인 효과'다. 다리가 짧아 안타까운 아이들 틈에, 긴 다리로 경중경중 여유 있게 달리는 남자가 보였다. 나의 최강인 오빠.

　"아, 추워!"

　창문 틈으로 스며든 찬 공기에 입김이 절로 나왔다. 나는 팔짱을 끼고 몸을 웅크렸다. 조금이라도 날씬해 보이려고 경량 패딩을 입었는데… 멋은 둘째치고 얼어 죽겠다! 내일부터는 바로 롱패딩을 꺼내 입어야지. 펭귄처럼 보이기는 하지만 온몸에 담요를 두른 듯 무척 따뜻하니까!

　'쟤네들은 안 추운가?'

나는 반쯤 얼어서 운동장을 내려다봤다. 이 날씨에 남자아이들은 춥지도 않은지 반팔 차림으로 운동장을 내달리고 있다. 나의 스타, 강인 오빠 역시. 슬며시 웃음이 나왔다.

월요일 졸업식을 마치고 나면 강인 오빠는 고등학생이 된다. 중학교 운동장에서 오빠가 축구하는 모습을 바라보는 게 오늘이 마지막이라니…. 가슴이 미어지는 것 같다.

하지만 괜찮다. 앞으로는 여자 친구로서 축구 경기를 관람하면 되니까. 나는 자두색 틴트를 입술에 바르며 주먹을 꾹 쥐었다.

그러곤 용기를 내어 강인 오빠에게 문자를 보냈다.

오빠 안녕? 나 가인이라고 해. 기억나?

여기까지 썼다가 지워 버렸다. 이렇게 보냈다가 오빠가 날 기억하지 못하면 무척 창피할 것 같았다. 몇 번 고민하다가 존댓말로 예의 있게 보내기로 했다.

안녕하세요? 기억하실지 모르지만 한 달 전
점심시간에 오빠랑 부딪힌 2학년 설가인이라고 합니다.

눈을 질끈 감고 문자를 전송했다. 너무 딱딱하게 보냈나? 혹시 누군지 모르겠다고 하면 어쩌지? 손에서 땀이 났다. 잠시 후 답이 왔다.

강인 오빠

아싸! 날 기억한대! 당연하대! 나도 모르게 자리에서 일어서서 춤출 뻔했다. 남자아이들이 골을 넣고 주먹 쥔 손을 이리저리 휘둘러 대듯. 하지만 그랬다가 눈에 띄어 망신당하고 말 거다. 나는 가까스로 마음을 억눌렀다.

드디어 수업이 끝났다. 소희와 지민이의 응원을 뒤로하고 가방을 정리했다. 당장이라도 강인 오빠가 보고 싶어 견딜 수가 없었다. 딱 한 시간만 기다리면 만날 수 있는데도 조바심이 일었다. 아빠가 엄마랑 캠퍼스 커플이던 시절, 너무 보고 싶은 마음에 강의실 안을 기웃거렸다더니 지금 내 마음이 딱 그때의 아빠 마음일까?

‘못 참겠다!’

나는 계단을 올라 3학년 2반 앞에 멈춰 서서 슬쩍 창문 틈으로 교실을 훔쳐봤다. 오빠를 찾아 헤맬 필요가 없었다. 화려한 조명이 내리쬐는 ‘핫 스팟’만 찾으면 되니까. 아니나 다를까, 1분단 제일 뒷줄에서 아우라가 느껴졌다. 강인 오빠가 눈을 부릅뜨고 열심히 수업을… 듣는가 싶더니, 이내 고개를 떨궜다가 다시 치켜들며 힘차게 ‘헤드 뱅잉’을 하고 있었다.

‘귀… 귀여워.’

저런 인간미까지 갖췄다니! 정말 모든 것이 완벽했다. 마음 같아서는 옆자리에 앉아 어깨를 내어 주고 싶었다. 하지만 서두를 필요 없다. 어차피 머지않아 최강인은 내 어깨에 기대게 되어 있으니까!

나는 그 길로 학교 앞 편의점을 찾았다. 오빠를 기다리는 한 시간이 꼭 억겁의 세월처럼 느껴졌다. 핸드폰으로 아무 글도 올라오지 않는 고요한 오빠 SNS를 구경하고, 거울을 들여다보고, 틴트를 새로 바르고…. 얼마나 시간이 흘렀을까.

‘딸랑’.

종소리와 함께 편의점 문이 열렸다. 한 줄기 빛이 안쪽으로 스며들며 강인 오빠가 등장했다. 나는 서둘러 단발머리를 정돈했다.

오빠가 손을 살랑살랑 흔들더니 내 앞에 앉았다.

"할 말이 뭐야?"

"그, 그게요…. 저기, 그러니까."

정면으로 마주 보고 있자니 말이 나오지 않았다.

"너 괜찮아? 혹시 그날 어디 다친 거니?"

오빠가 눈을 동그랗게 뜨고 날 봤다. 호수처럼 맑은 눈동자였다. 좀 더 근사하게 묘사하고 싶지만 이게 내 한계다. 에라 모르겠다!

"오빠, 단도직입적으로 물을게요. 혹시 여자 친구 있어요?"

그러자 오빠 표정이 미묘하게 바뀌었다. 잠시 뚱한 표정을 하다가 슬며시 미소를 지었다. 그런데 고르게 올라갔던 양쪽 입꼬리가 서서히 불일치하기 시작했다. 왼쪽만 쓱 올라간 거다.

"너 혹시 나한테 관심 있어?"

용기 내어 고개를 끄덕였다. 그러자 강인 오빠가 의자에 기대더니 고개를 40도 돌리고 콧날을 매만졌다. 오뚝한 코를 뽐내듯.

"내 어디가 마음에 들었어?"

"네?"

당황해서 되묻고 말았다.

"나랑 부딪힌 날 반한 거니, 아니면 다른 내 모습에 반한 거니? 내 어디가 좋은 건데? 응? 궁금해서 그래."

강인 오빠가 고개를 쑥 내밀며 캐물었다.

"음… 부딪힌 날. 그게 축구할 때도."

주술에 걸린 것처럼 술술 내뱉고 말았다.

"하하하. 축구할 때라…."

갑자기 오빠가 자리에서 일어섰다. 그러더니 공 차는 시늉을 했다.

"슛할 때? 아니면 드리블할 때? 아니면 달릴 때? 언제 제일 멋있었어?"

팔에 소름이 돋으며 그대로 얼어붙고 말았다. 저기요? 강인 오빠 맞으세요? 분명 도플갱어거나 외계인… 이 분명하다. 머릿속이 뒤엉키더니 '펑' 폭발음이 났다.

"미안 미안. 내가 연구를 좀 하고 있거든. 바로 나, 최강인에 대해. 음…."

오빠가 턱을 괴고 3초간 뜸 들이더니 인심 쓴다는 듯 말했다.

"그래, 좋아! 뭐, 사귀어 보자. 오늘부터 1일?"

강인 오빠에게서 재수탱이의 얼굴이 보였다. 학교 성적을 이야기할 때, 과학 지식에 대해 떠들 때 얼굴에 흘러넘치던 시건방짐! 호숫가에 비친 자신의 얼굴을 사랑한 나머지 몸을 던져 버린 나르시스!

기대했던 전개와는 다르지만 지금 나의 앞자리에는 오징어가 아닌 아이돌이 있다. 심지어 나에게 먼저 '사귀자'고 말한다! 이 순간을 얼마나 기다렸던가. 그런데 왜 마음이 불편하지? 아니, 아니야. 망쳐서는 안 돼. 설가인, 정신 차려! 지금 최강인이 먼저 사귀자고 하잖아. 남자 친구와 쿠키 피규어가 '원 플러스 원'으로 굴러들어 올 타이밍인데 마다할 거야?

나는 정신을 붙들고 겨우 대답했다.

"고마워요."

대답하고는 나도 모르게 눈을 질끈 감고 말았다. 이게 무슨 촌스러운 대답인가.

"하하하! 오늘부터 1일이니까 데이트해야지?"

강인 오빠 말에 흠칫 물러서고 말았다. 이 사람, 나보다 더 돌직구잖아?

"이런, 이런. 축구 모임이 있는 걸 까먹었네… 이따 연락할게!"

강인 오빠가 손을 흔들며 편의점을 나섰다.

나는 멍해져서 탁자 위에 놓인 탄산수를 단숨에 들이켰다. 한 달간 짝사랑했던 강인 오빠를 얻는 게 이렇게 쉬운 일이었단 말이야? 가만… 생각해 보니 내가 먼저 사귀자고 말하지도 않았다. 혼자서 일인극을 하듯 이리저리 뽐내더니 "오늘부터 1일!"이라 외치고는 축구하러 떠나 버렸다. 뭐가 이렇게 싱거워? 어쩜 이렇게 일방적일 수가 있지. 이게 연애라는 건가? 설렘보다 당혹감이 앞서 마음이 복잡해졌다.

'혹시 날 놀리나?'

복잡한 마음에 메신저를 열자 그새 오빠의 프로필 문구가 바뀌어 있었다. '오늘부터 1일'로. 연극이 아니었구나.

이대로 집에 들어갈 수 없었다. 복잡한 마음을 잠재워야 했다. 나는 소희와 지민이가 있는 학원 앞으로 걸음을 옮겼다.

편의점에 들러 또다시 탄산수를 사서 벌컥벌컥 마셨다. 곧 편의점에 아이들이 나타났다.

"어떻게 됐어?"

소희가 눈을 동그랗게 떴다.

"사귀자. 오늘부터 1일? 그러던데?"

"대박! 축하해, 가인아."

소희가 제자리를 콩콩 뛰며 좋아했다.

"하여간 설가인 승부욕 알아줘야 해! 기어코 미션 클리어했

네. 축하해!"

지민이가 엄지를 내밀었다. 스스스 친구들에게 축하받는데 기분이 왜 이렇지?

"가인이 너 표정이 왜 그래?"

소희가 걱정스럽게 물었다.

"뭔가 이상해서."

"왜? 무슨 일 있었어?"

지민이가 호기심 가득한 얼굴로 물었다.

그래, 아주 낱낱이 재연해 주지! 내가 강인 오빠 흉내를 내자 아이들이 배를 잡고 웃어 댔다. 결정타는 드리블 흉내를 낼 때였다. 긴 다리를 경중경중 교차하며 공차는 시늉을 하자, 아이들이 거의 굴러갈 듯 깔깔거렸다.

"그 오빠 자기애 장난 아니다! 자신감 없는 것보다 낫지, 뭘 그러냐?"

"오우! 생각해 보니 가인이 네가 먼저 고백받은 거잖아?"

소희와 지민의 말에 이상했던 기분이 조금 나아지는 것 같았다.

"그런가?"

"배부른 소리 그만하고, 그럼 이번 미션은 가인이 승리로 끝?"

지민의 말에 소희가 고개를 흔들었다.

"아니지. 아직 3학년 개학식 전이잖아. 그때까지 유효해, 그렇지?"

나랑 지민이가 고개를 끄덕이자 소희가 난데없이 한숨을 푸내쉬었다.

"얘들아, 진정한 사랑이 뭘까?"

"너 어디 아파?"

지민이가 소희 이마에 손을 갖다 댔다. 다시 또 한바탕 웃음이 터졌다.

나는 실눈을 뜨고 소희에게 불쑥 질문을 던졌다.

"뭐야…. 너? 혹시? 좋아하는 사람 생겼어?"

소희가 깜짝 놀라 손사래 쳤다.

"아니 아니! 가인이 네 말을 듣고 '진정한 사랑'이 뭔지 찾아봤지. 계속 보고 싶고, 뭐 하고 있는지 궁금하고, 다른 사람이랑 있으면 질투 나고. 그런 게 진짜 사랑 맞지?"

소희의 시선이 창밖에 머물렀다. 두꺼운 겨울옷 차림의 사람들이 어디론가 바쁘게 가고 있었다.

"의외로 단순한 거 아닐까?"

지민이가 툭 말을 뱉었다.

“왜 그런 거 있잖아. 손잡고 싶어지는 거.”

“뭐? 어우, 야!”

나와 소희는 약속이나 한 듯 지민이 몸을 간질이며 제자리를 방방 뛰었다. 그러다 결국 시끄럽다며 편의점에서 쫓겨나고 말았다.

밖으로 나가자마자 몸이 움츠러들었다. 우리는 옷을 여미고 나란히 팔짱을 꼈다. 지민이가 말을 이었다.

“그게… 우리 엄마가 그랬거든. 처음 아빠를 봤을 때 하나도 설레지 않았는데 손을 잡는 순간 내 살처럼 온기가 따뜻해서 좋더래.”

“우웩! 내 살처럼이래!”

“와! 19금!”

나와 소희는 고래고래 소리 지르며 앞으로 달려갔다가 다시 돌아와 지민이를 연행하듯 팔짱을 꼈다. 사람들이 우릴 외계인 보듯 했다. 그 표정이 재밌어서 우리 셋은 다시 까르르 웃었다. 하얀 입김이 하늘로 피어올랐다.

지민이가 명답을 내놓았다.

“즉… 스킨십 하고 싶어지는 사람이 진정한 사랑이야.”

무서운 녀석! 끝까지 평정심을 유지하다니.

지민이가 갑자기 발랄하게 툭 뱉었다.

"이번 내기, 나는 영 틀린 것 같다."

"왜? 수호랑 무슨 일 있어?"

소희가 묻자 지민이가 씁쓸한 미소를 지었다.

"수호… 알고 보니까 한 살 연하인 거 있지? 1학년 꼬꼬마더라."

"뭐? 그동안 왜 속였대?"

나도 모르게 질문이 나왔다.

"속인 게 아니라 묻지 않은 거였어."

아리송한 대답에 고개를 갸웃거렸다. 그러자 지민이가 말을 이었다.

"영어 캠프에서는 서로 영어 이름만 불렀거든. '알리사', '토미' 이렇게 말이야. 그래서 나는 걔가 어린지 몰랐어. 어제 통화하다 우연히 알게 된 거야."

"연하가 뭐 어때서 그렇냐? 누가 보면 열 살 차이 나는 줄 알겠다!"

소희가 시원하게 말했다.

"현민이랑 나이가 같잖아. 그 생각만 하면 마음이 불편해."

그제야 우리에게 영원한 꼬꼬마인 지민이 동생 현민이가 떠올랐다.

"뭐 어때. 남동생은 남동생이고 남자 친구는 남자 친구지!"

내 말에 소희가 방싯 웃으며 맞장구쳤다.

"맞아. 일단 만나서 손부터 잡아 봐. 어떤 느낌인지 느껴 보라고!"

"오, 석소희!"

소희 겨드랑이를 간지럽힐 준비를 하는데 소희가 갑자기 진지한 표정을 지었다.

"나 너희에게 고백할 게 있어."

지민이와 나는 눈을 동그랗게 뜨고 얼굴을 마주 봤다.

"사실 나도 좋아하는 사람이 있어. 그런데 넘어야 할 산이 많아. 내 마음이 확실해지면 그때 얘기해 줄게."

궁금한 게 많지만 더 묻지 않았다. 소희 성격이라면 어렵게 꺼낸 말일 테니까.

"소희가 고백하면 무조건 사귀자고 할 거 아냐? 안 되겠다. 나 혼자만 이럴 수는 없지. 나도 내일 당장 수호 손 잡으러 간다!"

지민이의 너스레에 분위기가 밝아졌다.

지민이와 소희가 또 학원을 가야 하는 바람에 나 혼자 집으로 발걸음을 옮겼다.

　강인 오빠랑 있었던 일을 생각하니 기분이 이상했다. 오빠와 사귀게 되면 귓가에 음악 소리가 들리고 온 세상이 핑크빛으로 변할 것 같았는데 오히려 찝찝한 기분만 든다. 나도 내 마음을 모르겠다.

아무리 승부가 중요해도

터덜터덜 집으로 향하는데 엄마에게서 전화가 왔다.

"왜 이렇게 전화 안 받아? 오늘 저녁 갈비 먹기로 했어. 문자로 장소 보냈으니까 빨리 와."

갑자기 웬 갈비냐고 묻고 싶었는데 이미 전화가 끊어진 뒤였다.

한숨을 내쉬며 아파트 앞 갈빗집으로 갔다. 문을 열고 들어서자 저 멀리 테이블에 재수탱이 얼굴이 보였다. 맞은편에는 동글동글한 뒤통수. 역시나 하태양이다. 그 옆에는 정희 이모!

나는 이모에게 반갑게 손을 흔들었다.

"이모, 잘 지냈어요?"

"가인아, 오랜만이다! 잘 지냈어? 너 엄청 예뻐졌다!"

이모 품에 와락 안겼다. 태양이랑 달리 이모 얼굴은 정말 오랜만에 본다.

"에이, 이모. 안경 끼셔야겠다!"

설가현이 눈치 없이 끼어들었다.

"아, 진짜!"

내가 신경질을 내자 엄마가 입을 앙다물며 인상을 썼다. 그만하라는 뜻이다.

"너희 남매는 여전하구나, 호호. 보기 좋다."

"어휴, 말도 마. 얘네 둘은 얼굴만 봤다 하면 으르렁거린다니까. 날이 갈수록 심해져서 큰일이야."

엄마가 한숨을 폭 내쉬었다.

"부럽기만 한데 뭘. 이렇게 든든한 아들에, 예쁜 딸에. 우리는 태양이 혼자 외롭게 클까 봐 항상 걱정되거든."

"노 프라블럼! 저는 괜찮아요."

태양이가 밝게 말했다.

"그럼 그럼. 혼자인 건 축복이에요."

마주 앉은 설가현이 눈을 감고 고개를 끄덕였다. 하! 둘이 합이 착착 맞는다. 나는 조용히 우적우적 갈비를 먹었다.

그때 태양이가 말없이 내 앞에 오렌지 환타를 놓았다. 멀뚱히 태양이를 봤더니 입을 벙긋거리며 '먹어' 하고 말했다. 내가 환타 좋아하는 걸 기억하고 있었네! 기분이 좋았다. 설가현이랑 합이 맞다고 한 말 취소!

"하긴 태양이에게는 가현이가 친형과 같지. 안 그래? 틈만 나면 너희 집에 놀러 가잖아. 귀찮아하지 않고 챙겨 줘서 고마워, 애들아."

이모가 밝게 말했다.

"우리가 남이니? 여고 동창보다 특별하다는 조리원 동기잖아."

엄마 말에 이모가 방긋 웃었다. 둘은 그동안 못 나눈 이야기를 실컷 나눴다.

엄마랑 이모는 조리원에서 처음 만난 사이라고는 믿기지 않을 만큼 무척 친하다. 꼭 어린 시절부터 함께 자란 단짝 같다. 어른이 되어도 이토록 깊은 우정을 쌓을 수 있다니. 두 사람을 보고 있으면 앞으로 살아갈 인생이 가끔은 기대되곤 했다.

어느덧 식사를 마쳤다. 차에 탄 이모는 우리가 횡단보도를 건널 때까지 계속 손을 흔들었다.

길만 건너면 우리 아파트다. 태양이네 집은 우리 집에서 20분 떨어진 곳에 있다.

신호등이 초록불로 바뀌었다.

"가인아!"

길을 건너려는데 태양이가 갑자기 내 이름을 부르며 달려왔
다. 그새 키가 또 자란 것 같다. 내 키는 그대로인데, 태양이만 쑥
쑥 크는 것 같아 왠지 억울한 기분이 들었다.

"할 말 있어. 놀이터에서 잠깐 얘기하자."

태양이가 숨을 몰아쉬며 말했쪽. 그런 우리를 보고 설가현이
휘파람을 불었다. 이 일로 며칠을 놀려 먹을 걸 생각하니 짜증이
솟구쳤다.

"적당히 해라!"

내가 으르렁거리자 아빠가 설가현을 끌고 갔다.

"소화나 시킬 겸 둘이 산책하고 들어와."

엄마가 활짝 웃으며 손을 흔들었다.

나는 태양이를 따라 놀이터로 걸음을 옮겼다. 태양이 등이 널
찍했다.

"여기서 얘기하자."

태양이가 벤치를 가리켰다. 내가 앉으려고 하자 태양이가 뭔
가가 생각난 듯 서둘러 내 앞을 막았다.

"아차차!"

태양이가 손바닥으로 벤치 한쪽을 쓱쓱 쓸었다. 손바닥이 굉

장히 컸다.

"자, 앉아."

태양이가 깨끗한 자리에 앉으라고 했다. 오, 하태양 제법인데? 날 심부름꾼 취급하는 오빠랑 지내다가 누가 챙겨 주니 기분이 무척 좋았다.

"왜?"

기분 좋은 걸 티 내지 않으려고 무심하게 물었다.

"그…."

태양이가 갑자기 뜸을 들였다,

"아, 뭔데?"

"너희… 내기 말이야."

무슨 뜬금없는 말인가 싶어 태양이 얼굴을 바라봤다.

"꼭 이기고 싶다며."

"엥? 그게 무슨 말?"

"소희에게 들었어. 남자 친구 사귀기로 내기했다고."

입이 떡 벌어졌다. 입 무거운 소희가 태양이에게 우리 이야기를 했다고? 그럴 리가 없다. 분명 무슨 사정이 있었을 것이다. 그게 도대체 무엇일까? 나는 태양이 얼굴을 빤히 쳐다보며 생각에 잠겼다. 내 표정이 너무 심각했나. 태양이가 쩔쩔매며 말을 덧붙였다.

“진정해. 동아리 활동 시간에 소희가 쿠키 피규어 진짜 희귀템이냐고 묻더라고. 그러다 알게 됐어. 소희는 아무런 잘못 없어. 내가 궁금해서 꼬치꼬치 캐물었거든. 계속 졸라 대서 알아낸 거야.”

그럼 그렇지!

“그걸 네가 왜 물어? 웬 참견인데?”

목소리가 달달 떨렸다. 추워서이기도 했고, 화가 나서이기도 했다.

태양이가 갑자기 자기 패딩을 벗어 내 어깨에 덮어 줬다.

“됐거든?”

순간 화가 나서 태양이 팔을 쳐 버렸다. 그 바람에 패딩이 바닥에 떨어졌다. 태양이가 패딩을 들고 탈탈 털더니 다시 내 등에 덮었다. 툴툴대지도 않고 화를 내지도 않았다. 나도 모르게 얼굴이 달아올랐다. 조금 전 내 행동이 부끄러워서인지 뭐 때문인지 모르겠지만 자꾸만 열이 올랐다.

“쿠키 피규어 그거 절대 못 구해. 내가 승부에서 이기게 해 줄게.”

역시 쿠키 피규어는 희귀템이 맞다. 태양이가 도와주지 않아도 피규어는 곧 내 손에 들어온다. 강인 오빠와 나는 오늘부터 1일이니까.

하지만 궁금했다. 태양이의 자신만만한 계획이 무엇인지.

"어떻게 이기게 해 줄 건데?"

"역할 대행."

"뭐어?"

"예전부터 너한테 도움받은 게 어디 한둘이야? 사실… 일 년 전에 네 쿠키 피규어 내가 부러뜨렸잖아. 그거 안 팔아. 희귀템이어서 절대 못 사. 미안해서 갚으려는 거야."

애써 잊고 지냈던 쿠키 피규어가 생각났다. 우리 집에 놀러 온 태양이가 엉덩이로 깔아뭉갠 바람에 부서진 녀석. 히든 아이템은 아니었지만 시리즈 중에서도 내가 특히 아끼던 피규어였다. 그때는 태양이에게 울며불며 화를 냈지만 사실 엄연히 말하면 부주의한 내 탓이 컸다. 그런데 아직도 마음에 담아 두고 있었다니 의외다.

"괜찮아. 나도 잘한 거 없는데 뭐."

차마 남자 친구가 생겼다는 말이 입 밖으로 나오지 않아 허둥지둥 답했다.

"내가 해 줄게에. 네 남자 친구 대행."

갑자기 태양이가 졸라 댔다. 뭔가… 수상하다.

나는 지그시 태양이 눈을 바라봤다. 꼭 눈싸움하듯 눈을 깜빡이지 않고 가만히 응시했다. 눈동자가 흔들리는지 지켜보려고.

그런데 점점 태양이 얼굴이 빨개졌다. 한 3초 정도 시간이 흘렀을까? 갑자기 태양이가 휙 눈을 돌려 버렸다. 내가 이겼다!

"도대체 뭔 꿍꿍이인데?"

팔짱을 끼고 따져 물었다.

"그런 거 없어. 정말 순수하게 도와주고 싶을 뿐이야. 쿠키 피규어 그거 정말 귀한 거라니까."

태양이 목소리가 점점 작아졌다. 이렇게까지 미안해하고 있을 줄이야.

"걱정 마. 내 힘으로 얻어 낼 거야. 됐지?"

태양이 어깨를 툭툭 두드렸다. 이래야 더는 미안해하지 않을 것 같았다. 어차피 피규어는 곧 내 품에 들어올 테니까.

태양이가 조용히 고개를 끄덕였다. 나는 패딩을 태양이에게 돌려줬다.

"늦었다. 나 먼저 갈게. 잘 가!"

자리에서 벌떡 일어섰다.

"가인아, 잠깐."

태양이가 내 팔을 붙들었다. 내가 뒤돌아보자 태양이가 주머니에서 뭔가를 주섬주섬 꺼냈다.

"손바닥 내밀어 봐."

손바닥을 펼쳐 보이자 태양이가 쿠키 캐릭터가 새겨진 키링을 줬다.

"이걸 왜?"

"그냥 뽑기 했는데 너 좋아하잖아. 가져."

"땡큐."

나는 피식 웃으며 키링을 주머니에 넣었다.

"그리고 오늘 제안 진지하게 생각해 봐. 나 간다!"

태양이가 손을 흔들며 뒤돌아섰다. 태양이 키가 오늘따라 더 커 보였다. 꼬꼬마로 남아 있는 건 나 혼자였나 보다. 문득, 태양이가 멋진 남자로 잘 자라고 있다는 생각이 들었다.

키링을 달랑거리며 집으로 뛰어왔다.

현관문을 여는데 띠링 문자가 도착했다.

지민

가인아. 내일 뭐 해?

별일 없는데.

지민

그럼 영화 보러 가자.

엥?

솔직히 우리 셋 중 영화를 가장 좋아하는 사람은 소희다. 코인 노래방도 아니고, 영화관에 가자니. 고개를 갸웃거렸다.

지민

> 실은… 수호랑 내일 만나기로 했거든.
> 우리 더블데이트할래?

지민이의 문자에 순간 얼어붙었다. 맞다! 나 남자 친구 있었지! 그런데… 아직 강인 오빠랑 단둘이 데이트도 못 했는데 더블데이트라니. 하긴, 강인 오빠랑 둘만 만나면 너무 어색할 것 같다.

좋아. 물어볼게!

지민

> 신난다! 이 영화 어때?

지민이가 나에게 영화 정보를 보냈다. 좀비가 등장하는 공포 영화였다. 언젠가 SNS에서 무서운 영화를 보거나 놀이 기구를 타면 심장 박동이 빨라지는데, 이때 뇌가 옆 사람 때문에 설레는 것으로 착각해서 사랑에 빠질 확률이 높아진다고 했다. 그 생각을 하니 가슴이 뛰었다. 어라? 나 강인 오빠 좋아하는 거 맞네. 심장은 거짓말을 하지 않으니까.

바로 강인 오빠에게 문자를 보냈다.

안녕하세요?

강인 오빠

안녕~ 말 편하게 해.

피식 웃음이 나왔다. 하긴, 편하게 말해야 금방 친해질 수 있을 거다.

오빠, 내일 뭐 해? 영화 볼래?

강인 오빠

어.

1초도 안 되어서 답장이 왔다. 그런데 더블데이트를 하자는 말이 입 밖으로 나오지 않았다. 어떡하지? 에라 모르겠다!

내 친구가 남자 친구랑 이 영화 본다던데… 같이 볼까?

강인 오빠

어.

강인 오빠가 또다시 단답형으로 대답했다. 기분이 언짢은 건 아닌지 신경이 쓰였다.

강인 오빠

내 표도 예매해 주라. 내일 돈 줄게.

알았어.

이제야 좀 안심이 됐다. 아싸! 드디어 더블데이트 성공! 나는 서둘러 지민이에게 문자를 보냈다. 지민이가 '꽥' 비명을 지르는 이모티콘을 보냈다.

강인 오빠

근데 설가현이 네 오빠야?

강인 오빠 메시지에 가슴이 철렁 내려앉았다. 솔직하게 말해야 할까? 설마 설가현 때문에 헤어지자고 하는 건 아니겠지? 내가 망설이는 사이에 오빠가 말을 이었다.

강인 오빠

하긴 전혀 안 닮았어. 이름만 비슷하겠지.

하하. 맞아.

자연스럽게 거짓말이 나왔다. 강인 오빠 말처럼 나랑 설가현은 전혀 닮지 않았으니 모른 척해도 될 것 같았다. 하지만 언젠가 고백할 때가 오겠지. 비밀 연애를 하려던 건 아니지만 당분간 조심해야 할 것 같다.

강인 오빠가 환히 웃는 이모티콘을 보냈다. 오뚝한 오빠의 콧날이 떠올라 웃음이 나왔다. 내일 데이트할 생각을 하니 심장이 터질 것 같았다. 소희도 고백에 성공해서 어서 빨리 커플 데이트를 즐기면 좋겠다. 그럼 다음 미션은 셋이 아닌 여섯 명이 하게 되는 건가? 그런 생각을 했더니 웃음이 실실 새어 나왔다.

더블 데이트

다음 날. 지민이를 보자마자 눈이 휘둥그레졌다. 지민이는 안경을 벗고, 하나로 질끈 묶었던 머리를 풀고 나타났다. 주름 스커트에 스타킹, 남색 떡볶이 코트를 입고 나타났다. 한껏 꾸민 지민이는 오늘따라 어른스럽고 예뻤다.

"올, 손지민! 오늘 완전 예쁜데!"

내 말에 지민이가 활짝 웃었다.

"고맙다, 친구! 나 왜 이렇게 긴장되지?"

"나도 긴장되긴 마찬가지."

"강인 오빠 언제 와?"

나는 문자를 확인했다. "가는 중"이라는 답장을 끝으로 대답이 없었다.

그때 저 멀리서 야구 점퍼를 입은 남자아이가 반갑게 손을 흔들었다. 강인 오빠인가 해서 봤는데 아니었다.

"수호다!"

지민이가 활짝 웃으며 손을 흔들었다.

"안녕하세요?"

수호가 수줍은 목소리로 까닥 인사했다. 웃을 때마다 보조개 때문에 볼이 파이는 귀여운 아이였다.

"인사가 그게 뭐야. 나한테 하는 것처럼 말 놓으면 돼. 그치, 가인아?"

지민이의 말에 고개를 끄덕였다.

시계를 봤더니 영화 시작 30분 전. 마음이 초조했다. 결국 참지 못하고 강인 오빠에게 전화했다.

"다 왔어! 5분 아니 10분!"

강인 오빠는 내가 말할 기회도 주지 않고 전화를 끊어 버렸다. 숨이 찬 걸 보니 뛰어오는 모양이었다.

"거의 다 와 간대. 우리 팝콘 살까?"

내 말에 지민이도 안도한 눈치였다. 우리는 키오스크 앞에서 메뉴판을 훑어보았다.

"뭐로 하지?"

내 말에 지민이가 망설임 없이 '커플 세트'를 눌렀다. 팝콘, 음료수로 구성된 세트였다. 팝콘을 집다가 손이 부딪히면 어쩌지? 나도 모르게 웃음이 나왔다.

수호는 한 살 어리지만 듬직했다. 지민이가 뭘 하려고만 하면 "내가 할게." 하며 나서고, 지민이가 하는 말을 진지하게 들으며 열심히 맞장구쳤다.

간식도 사고 화장실도 다녀왔는데 강인 오빠는 깜깜무소식이었다.

"혹시 다른 영화관 간 거 아니야?"

지민이의 말에 조바심이 일었다. 아무리 전화를 해도 연결이 되지 않았다.

"곧 영화 시작하는데…."

수호가 종종걸음을 쳤다. 이제 더는 지체하면 안 된다. 수호와 지민이의 데이트까지 망칠 수 없다.

"너희들 먼저 들어 가. 나는 조금만 더 기다릴게."

"에이, 같이 가자."

지민이가 다정하게 말했지만 나는 둘의 등을 떠밀었다. 영화관으로 들어서는 사람들을 보는데 눈물이 차오르려고 했다. 나 지금 바람맞은 건가?

그때였다.

"설가인!"

강인 오빠가 멀리서 손을 흔들며 나타났다. 패딩 점퍼를 벗어 들고 체육복 차림으로! 환하게 웃으며 달려오는 모습에 가슴이 콩콩 뛰었다. 화를 내야 할 타이밍인데 단단히 미쳤나 보다.

"미안해, 늦었지?"

"괜찮아."

속마음과 전혀 다른 말이 튀어나왔다. 왜 강인 오빠 앞에만 서면 나답지 않게 고분고분해지는 걸까?

"친구들이 축구 한 판만 더 하자고 하는 바람에."

강인 오빠 말에 머리가 '띵' 울렸다. 뭐야? 아까 분명 영화관에 오는 중이라고 하더니⋯ 거짓말한 거야? 에이, 그냥 타이밍이 엉킨 거겠지.

그때였다. 강인 오빠가 내 손을 잡아끌었다.

"늦겠다!"

그런데 손이 끈적끈적했다. 분명 따뜻하고 보송보송할 줄 알았는데⋯ 이게 뭐야!

상영관 안은 이미 광고가 한창이었다. 어둑한 계단을 살금살금 올라 자리를 찾아냈다. 지민이와 수호가 우리를 발견하곤 반갑게 손을 흔들었다. 수호, 지민, 나, 강인 오빠 이렇게 나란히 앉았다.

"다행이다."

지민이가 작게 속삭였다.

나는 오빠에게 콜라와 팝콘을 내밀었다.

"에이. 캐러멜 팝콘이네. 나는 고소한 팝콘이 좋은데."

강인 오빠가 툴툴대며 팝콘을 한 움큼 쥐어 입에 넣었다.

'뭐야, 싫다면서 혼자 다 먹네.'

자꾸만 신경질이 났다. 평소 성격 같았으면 한마디 쏘아 줬을 텐데 아무런 말도 나오지 않았다.

"재밌겠다, 그치?"

강인 오빠가 조용히 말을 걸었다. 옆을 봤더니 어둠 속에서 강인 오빠 콧날이 반짝 빛났다. 아, 정말 잘생겼다! 하지만 그뿐이었다. 영화를 보는 내내 오빠에게서 땀 냄새가 났다. 축구에다 영화관에 늦지 않으려고 달리기까지 했으니…. 이해는 하지만 솔직히 좀 괴로웠다. 그리고 중간중간 '끄억' 하고 트림까지 했다. 탄산음료 먹은 걸 그렇게까지 티 내야겠냐고! 얼굴만 아이돌이지 하는 짓은 완전 아저씨다, 아저씨!

이런저런 생각들에 짓눌려 영화는 눈에 들어오지도 않았다. 나의 첫 데이트는 온통 설렘과 떨림뿐일 줄 알았는데. 솔직히 실망스러웠다. 옆에 지민이라도 있어서 그나마 견딜 수 있었다.

어느덧 영화가 끝났다. 우리는 건물 2층에 있는 레스토랑으로 향했다.

"누나 뭐 먹을래?"

수호가 지민이에게 메뉴판을 내밀었다. 이것저것 손가락으로 가리키며 음식을 고르는 모습이 귀여웠다.

나도 슬쩍 강인 오빠에게 메뉴판을 내밀었다. 그런데 오빠는 혼자서만 휙 보더니 이렇게 외쳤다.

"난 크림 스파게티!"

정말 어이없어서 헛웃음이 나왔다. 지민이가 내 표정을 살피며 조심스럽게 물었다.

"가인아, 우리 고르곤졸라 피자 먹을래?"

"좋아!"

내 표정이 환해졌다. 수호는 해산물 볶음밥을 골랐다.

"너 몇 학년이야?"

오빠가 대뜸 수호에게 물었다.

"중학교 1학년이요. 형 축구 잘한다면서요?"

"어."

강인 오빠가 식전 빵으로 나온 바게트를 우적우적 씹어 먹으며 건성으로 답했다.

"너 모르지? 강인 오빠 축구 완전 잘해. 우리 학교 탑일걸?"

지민이가 대뜸 칭찬을 늘어놓았다. 유럽 프로 축구를 꿰고 있어도 학교 운동장에서 벌어지는 또래 남자아이들의 축구 경기는 세상에서 가장 싫어하는 지민이가 말이다. 나를 위해 애쓰고 있다는 게 느껴져 새삼 고마웠다.

"아니! 그냥 탑이지."

강인 오빠가 히죽거리며 대꾸했다. 칭찬을 이토록 거만하게 받아들이다니. 불쾌한 듯 지민이의 눈썹이 꿈틀거렸다.

"수호는 뭐 좋아해? 축구 좋아해?"

서둘러 수호에게 질문을 했다.

"저는 축구보다 농구가 좋아요. 농구는 공을 손으로 잡을 때 그립감이…."

"별론데."

강인 오빠가 수호의 말을 가로챘다.

"난 농구 좋아하는 사람 별로."

순식간에 분위기가 냉랭해졌다. 나도 모르게 식은땀이 났다. 도대체 왜 저러는 걸까? 혹시 이 자리가 마음에 안 드는 걸까? 아니면 내가 무슨 잘못을 했나? 알 수 없는 행동을 한 건 강인 오빠인데 자꾸만 내 탓을 하게 됐다.

그때 주문한 요리가 나왔다. 그릇이 놓이는 소리, 포크와 수저를 드는 소리에 소란스러운 마음이 조금씩 가라앉았다.

"와, 맛있겠다!"

지민이가 밝게 외치며 피자를 손에 들었다. 다행히 수호 얼굴도 점점 풀어졌다.

슬쩍 옆을 봤더니 강인 오빠가 이미 스파게티를 허겁지겁 먹고 있었다. 나보고 먼저 먹으라는 말도 하지 않고.

'태양이였으면 날 먼저 챙겨 줬을 텐데.'

불쑥 태양의 얼굴이 스쳤다. 깜짝 놀라 고개를 절레절레 흔들었다.

'나도 맛있게 먹으면 되지, 뭐!'

피자 한 조각을 달달한 꿀에 찍어 입에 넣을 때였다. 강인 오빠가 거드름을 부리며 말했다.

"고르곤졸라 맛있어? 난 졸라 맛없던데. 솔직히 빵에 꿀 찍어 먹으면 비슷한 맛 난다니까. 졸라 맛없어서 고르곤졸라인가? 푸하하."

나도 모르게 눈을 질끈 감았다. 오늘 처음 보는 사람 앞에서 욕을 하다니. 그게 멋있다고 생각하는 건가. 저급한 말투에 재미

없는 유머까지. 한심해서 절로 한숨이 나왔다.

내 표정이 변하는 걸 눈치챘는지 오히려 수호가 당황한 듯 목소리를 높였다.

"누나들 탕수육 부먹파라면서? 그래서 소스 좋아하나 보다!"

"그럼 그럼. 탕수육은 부먹이 진리지."

지민이가 명랑하게 대꾸했다. 분위기를 풀어 보려는 커플에게 정말 고마웠다.

그때 강인 오빠가 갑자기 혀를 찼다.

"쯧! 탕수육은 찍어 먹어야 진리지. 바삭한 튀김옷을 그대로 맛봐야지. 어떻게 양념을 처바르냐? 소스 때문에 본연의 맛이 사라지는 줄도 모르고."

이건 정말 예의가 아니었다.

"아니에요! 우리가 얼마나 미식가인데요."

지민이가 살짝 울컥한 목소리로 쏘아붙였다.

하지만 강인 오빠는 멈출 생각이 없었다.

"하하하. 미식가는 무슨! 부먹 하는 사람은 말이야. 뷔페 가서 접시에 이 음식 저 음식 다 섞어 담아서 먹는 사람들이랑 똑같아. 원래 뷔페에 가면 평소에 못 먹는 고급 음식을 골라 천천히 음미하며 먹어야 하는 법인데. 꼭 학교 급식 시간에 나올 것 같은 메뉴들로만 배를 채우고는, 마지막엔 배를 탕탕 두드리며 정작 맛있는 건 못 먹었다고 징징대지.”

더는 들어 줄 수 없었다. 내 옆에 있는 이 소년이 진짜 아이돌이라고 해도 불가능한 일이었다.

“저기… 체할 것 같으니까 조용히 먹어 줄래?”

내 말에 강인 오빠가 멈칫하더니 입을 일자로 굳게 다물었다.

지민이와 수호가 애니메이션 얘기를 주고받았다. 자연스레 대화에 끼어들 만도 한데 강인 오빠는 대꾸도 하지 않았다. 스파게티를 다 먹고 난 후에도 핸드폰만 들여다보며 자기가 삐쳤다는 걸 온몸으로 티를 냈다.

우리 엄마가 말했다. 자고로 남자는 삐치지 않는 대인배를 만나야 한다고. 아빠에게는 조금 미안하지만, 엄마는 아빠가 잘 삐쳐서 피곤하다고 했다. 갑자기 그 말이 떠오르며 몹시도 피곤해졌다. 이제는 설렘 대신 빨리 집에 가서 쉬고 싶다는 생각만 들었다.

나도 어느새 강인 오빠처럼 묵묵히 식사만 했다. 지민이와 수호라도 즐겁게 대화해서 다행이었다.

식사를 마치고 잠깐 화장실에 다녀왔더니 지민이가 날 기다리고 있었다.

나는 지민이에게 최대한 미안한 얼굴로 사과했다.

“오늘 미안.”

“우리 사이에 무슨!”

지민이가 내 어깨를 그러안으며 속삭이듯 말했다.

“가인아, 나… 오늘부터 수호랑 1일이야!”

“뭐? 축하해 지민아!”

우리는 자리에 콩콩 뛰며 손바닥을 마주쳤다.

“수호 착해 보이더라. 너희 둘이 대화도 잘 통하고 정말 잘 어울려.”

진심이었다. 사랑에 나이 따위가 뭐가 중요할까. 수호랑 지민이는 보기 좋은 커플이었다.

계단을 내려갔더니 하늘에서 밀가루 같은 눈이 내리고 있었다.

“가인아, 눈 온다.”

지민이가 손바닥을 펼치며 말했다. 눈을 보니 답답했던 마음이 조금 트이는 것 같았다.

“아, 눈 오면 안 되는데.”

옆에서 투덜거리는 소리가 들렸다. 이젠 돌아보고 싶지도 않다. 오똑한 콧날, 이제 관심 없다!

“눈 쌓이면 축구 못 하는데.”

순간 짜증이 치밀었다.

"오늘내일 눈 펑펑 내린다는데, 어떡해?"

내 말에 강인 오빠가 입을 떡 벌렸다.

"지금이라도 가서 축구해. 내일 못 하면 어쩌려고. 어서 가."

나는 강인 오빠 등을 마구 밀었다. 오빠는 엉거주춤 버스 정류장까지 밀려나더니 떠밀리듯 버스에 올라탔다. 나는 홀가분하게 손을 흔들어 주었다. 창문 너머로 강인 오빠가 황당하다는 듯 날 멀뚱히 바라봤다. 이상한 일이었다. 분명 어제까지만 해도 오빠 주변만 환해 보였는데, 이제 아무런 빛도 나지 않았다.

"오늘 눈 그렇게 많이 온대?"

지민이의 질문에 도리질을 쳤다.

"아니. 내가 어디 일기예보 보는 사람이냐?"

"뭐?"

지민이가 웃음을 터뜨렸다.

"수호야. 오늘 반가웠어. 지민이랑 마저 데이트해. 난 가 볼게."

나는 씩씩하게 손을 흔들며 뒤돌아섰다.

집으로 가는 버스에서 오늘 데이트를 곰곰이 떠올렸다. 엉망이 되어 버린 내 생애 첫 데이트. 강인 오빠의 무례한 태도와 눈치 없는 행동들을 떠올리자, 창피함에 얼굴이 시뻘겋게 달아올랐다. 더군다나 강인 오빠는 탕수육 찍먹파였다. 강인 오빠에게 내 인생의 탕수육을 소개해 주고 싶었는데…. 머릿속에 상상의 나래가 펼쳐졌다. 탕수육 위에 소스를 붓는 내 모습, 그걸 보고 고래고래 소리 지르는 강인 오빠의 얼굴. 머리가 쭈뼛 섰다.

'실망이야.'

나는 타인의 취향을 함부로 대하는 사람이 세상에서 제일 싫다. 슬프게도 강인 오빠는 정확히 그 부류에 속해 있었다.

마음속으로 질문했다. 강인 오빠의 취향을 더 알고 싶은지. 대답은 망설임 없이 '아니'였다. 나는 이를 앙다물고 단호하게 문자를 써 내려갔다.

> 오빠, 그만 만나자. 우린 잘 맞지 않는 것 같아.

강인 오빠는 아무런 대꾸도 없었다. 나는 조용히 번호를 삭제했다. 아무렇지 않을 거라고 생각했는데 가슴이 아렸다. 눈물이 찔끔 솟았다. 내 인생의 첫 이별이다.

충격의 연속

"가인아, 너희 집에 놀러 가도 되지?"

소희에게서 문자가 왔다.

나는 당장 오라고 답장을 보냈다. 잘됐다! 소희를 보고 나면 울적한 기분이 조금 괜찮아질 것 같았다.

버스에서 내렸더니 소희가 정류장에 마중 나와 있었다. 우리는 팔짱을 끼고 아파트 단지 쪽으로 천천히 걸어갔다.

"더블데이트 어땠어? 나 빼고 데이트하니까 좋았어?"

소희가 살짝 눈을 흘기며 물었다.

"아니. 전혀! 이따 얘기해 줄게."

내가 말을 아끼자 소희가 고개를 끄덕였다. 그때, 어디선가 고소한 냄새가 폴폴 풍겼다.

"붕어빵 사 먹을까?"

소희가 내 옆구리를 찔렀다. 고개를 들었더니 저 앞에 붕어빵 트럭이 있었다. 우리는 한달음에 트럭 앞으로 달려갔다. 그런데 가만, 어디서 보던 남자아이가 붕어빵을 굽고 있었다.

"태양이 아냐? 야! 하태양!"

소희가 반갑게 손을 흔들었다. 정말 트럭 위에 하태양이 앉아 있었다. 태양이가 우리를 보고 잠깐 당황하더니 익살스럽게 주문을 받았다.

"맛있는 붕어빵이 왔어요! 손님들, 뭐 드실랍니까?"

할 말을 잊고 말았다. 도대체 열다섯 살밖에 안 된 녀석이 왜 붕어빵 장사를 하고 있는 걸까? 설마 태양이 아빠가 실직하고 붕어빵을 파는 걸까? 얼마 전에 만난 이모도 아무 말이 없었는데. 별의별 생각이 다 들었다.

"붕어빵 이천 원어치만 살까?"

소희의 말에 정신이 돌아왔다.

"어? 어."

"오케이. 잠시만 기다리십쇼!"

태양이가 붕어빵틀을 휙휙 뒤집더니 노릇노릇 익은 붕어빵을 봉투에 담았다.

“하태양, 너 오늘은 왜 이러고 있어?”

소희가 봉투를 받으며 킥킥 웃었다. 오늘은? 뭔가 아는 눈치였다. 설마 이모 모르게 혼자 아르바이트하는 건 아니겠지?

“어? 지나가다가 아저씨가 화장실이 급하다고 해서.”

“뭐?”

입이 떡 벌어졌다. 태양이가 이런 성격이었나? 내 앞에서는 눈도 잘 못 마주치고 조용조용 말하던 녀석이 소희 앞에서는 술술 편하게 말한다.

“붕어빵 굽는 건 언제 배우셨대?”

소희가 장난스럽게 질문했다.

“아저씨가 잠깐 가르쳐 줬어. 엇! 저기 아저씨 온다! 아저씨! 제가 이천 원어치 팔았어요! 슈크림 붕어빵 하나 먹어도 되죠? 히히.”

태양이가 트럭 밖으로 걸어 나오며 말했다.

“아이고. 한 개로 되겠냐. 두 개 더 줄게!”

“아싸! 고맙습니다.”

태양이가 붕어빵 세 개를 맨손으로 덥석 집어 들고는 우리 앞에 흔들어 보였다.

“먹을래?”

소희가 들고 있던 봉투를 가리키자 태양이가 익살스럽게 웃었다.

"아 맞다! 내가 팔았지? 하하하."

"진짜 못 말려 하태양."

태양이와 소희가 얼굴을 마주 보며 웃었다. 둘이 언제 이렇게 친했지? 같은 반에다 동아리 활동도 겹치는 줄은 알았지만 이 정도로 가까울 줄은 몰랐다.

"설가인! 너 하태양 별명 태평양인 거 모르지? 오지랖이 태평양이어서!"

소희가 웃음을 누르며 말을 이었다. 태양이의 별명은 처음 듣는다. 기분이 이상했다.

"얘가 얼마나 오지랖이 넓냐면… 저번엔 급식소에 상추를 가져온 거야. 알고 보니까 학교 텃밭에서 기른 거래. 그날 우리 졸지에 쌈 싸 먹었잖아. 지난번에는 아파트에서 택배도 나르더라, 너?"

소희가 이렇게 수다쟁이었나? 그러고 보니 둘은 사는 아파트도 같았다.

"어차피 집에 올라가는 길이어서 아저씨 도와드린 거야. 힘들어 보여서. 하하하."

태양이가 뒷머리를 긁적이며 웃었다. 둘의 대화에 끼어들 틈이 없었다.

"하여간 하태양 못 말려."

소희 눈이 반달이 됐다. 어라? 반달눈 하면 태양이인데. 그러고 보니 웃을 때 휘어지는 눈매가 둘이 꽤 닮았다는 생각이 들었다.

"소희 넌 어디 가? 집?"

"아니. 오늘 가인이네 집에서 놀다 가려고."

소희와 태양이가 즐겁게 대화를 나누며 앞장서 걸었다. 그 뒷모습을 보고 있자니 꼭 나만 외톨이가 된 기분이었다. 데이트도 망했지, 남자 친구와도 헤어졌지.

문득 고개를 들어 앞을 보았다. 환하게 웃으며 대화를 나누는 두 사람의 모습에 갑자기 눈이 부셨다. 너무 잘 어울려서, 마치 내가 남의 데이트에 끼어든 불청객이 된 기분이었다. 괜히 심술이 나서 애꿎은 돌멩이를 툭툭 발로 차며 걸음을 늦췄다.

어느덧 아파트 단지 앞에 도착했다.

"가인아, 빨리 좀 와."

소희가 뒤돌아서서 나를 재촉하며 손짓했다.

"난 여기서 버스 타고 갈게. 안녕!"

태양이가 가볍게 인사하더니 정류장 쪽으로 멀어졌다.

"쳇. 꼬꼬마 많이 컸네."

혼잣말에 소희가 대꾸했다.

"태양이 정말 괜찮은 애 같아. 남도 잘 도와주고 어른들이나 친구들이랑도 잘 지내고."

가만! 이게 뭐지? 소희가 누군가에 대해서 이렇게 쉬지 않고 말한 적은 없었다. 설마 소희가 태양이를 좋아하는 건가? 짝사랑하고 있다는 남자가 설마 하. 태. 양?

그때 카톡이 왔다. 눈치 없이 하태양이다.

태양

설가인. 그냥 내 제안 받아들이는 게 어때?

너한테 뭐가 좋다고 이래?

태양

내가 좋아하는 친구가 그깟 연애 때문에
내기에서 지는 걸 보기 싫어서 그래.

'내가 좋아하는'이라는 대목에서 나도 모르게 멈칫했다. 한동안 설가현 방에 들락날락하더니 능구렁이로 변했나.

태양

슬슬 짜증이 났다. 그러니까 좋아하는 여자에게 고백하기 전에 나한테 이것저것 테스트하겠다는 뜻? 지금 옆에 있었다면 등짝을 때려 줬을 거다.

태양

슬슬 궁금증이 생겼다.

태양

"누구랑 그렇게 톡 하는 거야?"

엘리베이터에서 내리는데 소희가 슬쩍 고개를 내밀었다.

"아무것도 아니야."

잘못이라도 저지른 것처럼 급히 핸드폰을 닫았다.

혹시, 태양이도 소희를 좋아하는 게 아닐까? 그럼 내 남자 친구 대행을 할 게 아니라 소희한테 좋아한다고 바로 고백하면 되잖아! 아니, 아니지. 어쩌면 둘이 서로 좋아하는 걸 모르고 있을 수도 있다. 그럼 내가 둘 사이를 이어 주는 역할이라도 해야 하나? 물음표가 꼬리의 꼬리를 물고 이어졌다.

현관문을 열었다. 아무도 없을 줄 알았는데 거실에 재수탱이가 앉아 있다.

"안녕하세요?"

착한 소희가 깍듯하게 인사했다.

"어? 소희 왔구나. 안녕!"

설가현이 다정한 척 돌변하며 손을 흔들었다.

'웩!'

구토하는 시늉을 하자 설가현이 손가락을 까딱했다.

"설가인! 이리 좀 와 봐."

친구 앞에서 군기라도 잡겠다는 건가? 별꼴이다! 무시하고 돌아서려는데 설가현이 다시 내 신경을 건드렸다.

"최강인 이야기니까 오는 게 좋을걸."

화들짝 놀라 옆으로 달려갔다. 설가현이 곁눈질로 무심하게 말했다.

"너 최강인이랑 데이트했냐?"

"뭐? 그게 무슨 말이야?"

얼굴이 화끈거렸다. 이미 헤어졌는데 도대체 어디서 무슨 얘기 들은 거야?

"쯧쯧쯧. 내가 말했지? 최강인 완전 별로라고. 최강인 그 녀석이 SNS에 글 올렸어. 너는 날 투명 인간 취급하지만, 우린 성이 특이하고 돌림자라서 웬만한 애들은 우리가 남매라는 거 알거든? 조심해 주길 바란다."

설가현이 핸드폰을 내밀었다. 화면에 사진 한 장이 띄워져 있었다. 몇 시간 전, 우리가 함께 본 영화 포스터 사진이었다. 스크

롤을 내려 글을 읽었다.

---

kang_1n 98번째 고백을 받았다. 내가 좋다며 사귀자고 졸라 대던 2학년 설가인. 데이트 한 번 했는데 영 성격이 별로. 그래서 뻥 차 버렸다. #공짜영화존잼 #졸라맛없어서고르곤졸라

글을 읽고 완전히 이성을 잃고 말았다.

"으악! 이거 거짓말이야. 사귄 건 맞는데 차인 건 아니라고!"

"뭐? 그사이에 사귀었다고?"

"아니, 헤어졌어. 내가 그만 만나자고 했단 말이야! 오빠 말처럼 영 별로더라고!"

소희가 깜짝 놀라 입을 벌렸다. 아직 친한 친구에게도 말 못 했는데…. 최강인, 입까지 가볍다니 뻥 차 버리길 잘했다!

"그러게, 오빠 말 좀 듣지 그러냐? 내가 창피해서 얼굴을 들고 다닐 수가 없다!"

갑자기 설가현이 목소리를 높였다.

"네가 왜 창피해? 창피한 건 나지!"

빽 소리 지르며 달려들었다. 소희가 붙들지 않았다면 세게 밀쳤을 거다.

“가인아, 진정해. 네 마음 알아. 방으로 가자.”

최강인! 알고 보니 최강이 아니라 최악이다. 나는 왜 그런 녀석에게 빠졌던 걸까? 억울했다. 화가 나서 발을 쾅쾅 굴렀다.

“제발 오빠 말 좀 듣지 그러냐? 그러면 자다가도 떡이 생긴다, 떡이!”

“누가 오빠야? 오빠면 내 편을 들어야지 놀릴 생각만 하고! 너 같은 오빠 둔 적 없거든?”

내 말에 설가현 눈을 희번덕거렸다.

“야! 왜 아무 잘못 없는 나한테 화풀이야! 내가 지금 너 놀리는 거냐? 걱정하고 조언하는 거지! 사전에서 단어 뜻 찾아봐라!”

“웩! 그 와중에 잘난 척!”

“이게 진짜!”

설가현이 빽 소리쳤다.

“오빠, 진정해요.”

소희가 오빠 팔을 잡자 갑자기 오빠 얼굴이 벌게졌다. 나는 그 틈에 서둘러 방으로 도망쳐 왔다.

10분 정도 시간이 지나고 소희가 내 방으로 들어왔다. 소희 품에 두꺼운 영어 교재가 들려 있었다.

“뭐야? 그걸로 내 머리 한 대 치래?”

웃기려고 말한 건데 소희가 씁쓸한 표정을 지었다.

"영어 학원에서 오빠한테 빌려줬던 건데 이제 받은 거야."

아, 재수탱이랑 같은 학원에 다녔구나.

그때, 소희 눈에서 눈물이 뚝 떨어졌다.

"소희야, 왜 그래? 혹시 재수탱이가 너한테 해코지한 거야?"

"으어엉. 아니야, 가인아. 오빠는 널 정말 걱정하고 있어."

이게 뭐람? 설마 내가 안쓰러워서 눈물을 흘리는 건가?

"울긴 왜 울어. 난 괜찮아. 데이트했는데 영 아니어서 헤어지자고 했거든? 그랬더니 약 올라서 저러는 거야."

티슈를 뽑아 소희에게 내밀었다.

"오빠가… 우리는 아직 어리다고, 사귈 때가 아니래."

지금 얘가 무슨 말을 하는 거야? 태양이를 좋아하는 게 아니었어? 눈알을 데굴데굴 굴리며 생각에 잠겼다. 아! 좋아한다던 오빠에게 고백했다가 차였구나. 그 얘기 하려고 우리 집까지 온 거였어. 속 깊은 소희가 얼마나 마음고생했을까.

"어휴. 그 오빠 누군지 몰라도 정말 바보다, 바보!"

"가현 오빠야. 엉엉엉."

뭐? 가현? 뭔가 낯익은 이름인데? 고개를 갸웃거렸다.

"너희 오빠! 설가현!"

“뭐? 왜?”

두꺼운 교재로 머리를 한 방 얻어맞은 것 같았다. 이게 어찌 된 일이지?

“똑똑하고 멋있잖아! 내 이상형이란 말이야. 같이 학원 다니면서 계속 좋아했어. 이제 나 어떡해.”

나는 고개를 쩔레쩔레 흔들며 침대에 뛰어들었다. 최강인이 SNS에 올린 글보다 더 충격적이었다. 오, 신이시여! 제게 왜 이러시나요?

가짜 남자 친구

"가인아, 놀랐지? 말 안 해서 미안해. 그런데 나, 진심이야."

소희가 코를 팽 풀며 말했다. 나는 대꾸 없이 천장만 바라봤다.

"가현 오빠가 얼마나 똑똑한 줄 알아? 선생님이 묻는 것에 착착 대답도 잘하고 인기도 많아. 솔직히 네 오빠 잘생겼잖아."

그 말에 벌떡 일어섰다.

"뭐? 그건 진짜 아니다!"

"안경도 잘 어울리고 지적으로 생겼잖아. 처음에는 친구 오빠니까 좋아하지 않으려고 많이 노력했거든. 그런데 계속 마음이 커지는 걸 어떡해."

소희가 또 눈물을 흘렸다. 마음이 약해져서 잠자코 있었다.

“요 며칠 오빠 주변에 어떤 언니가 기웃거리거든. 멋있는 건 알아 가지구.”

“뭐? 그냥 문제 물어보러 갔겠지.”

코웃음이 나오려는 걸 가까스로 참았다.

“아니야. 둘이 쉬는 시간에 편의점에도 같이 간단 말이야. 그 모습 보니까 화가 나는 거야. 미션 때문에 진정한 사랑에 대해 고민해 봤어. 그랬더니 내 마음 정말 진심이더라고. 마침 가현 오빠에게 영어 교재도 받고 네 얼굴도 볼 겸 오늘이 고백하기에 딱이라고 생각했어.”

“그럼, 방금 고백한 거야?”

소희가 눈물을 닦으며 고개를 끄덕였다.

“맙소사!”

“지금 우리에게 가장 중요한 건 공부래.”

“참나. 어이가 없네.”

내 말에 소희가 더욱 크게 울었다.

“그렇지? 그래도 이해돼. 네 오빠 전교 1등이잖아. 나보고 나중에 커서도 이 마음이 그대로라면 사귀자고 했어. 미리 말 못 해서 미안해.”

“지가 뭔데 희망 고문이야. 못생긴 게!”

내 말에 소희가 울음을 그치고 고개를 들었다. 소희의 아리송한 표정을 보니 더욱 화가 났다. 설가현은 세상에서 가장 못생겼다고 소희야!

"네가 아까워서 그렇지."

순화해서 말했다.

"누굴 좋아하는 데 아깝고 말고가 어딨어. 고마워, 친구야."

소희가 날 껴안았다. 나는 말없이 등을 다독여 줬다. 마음 같아서는 정신 차리라고 혼내고 싶었지만 소희의 마음이 얼마나 아플지 알기에 쓴소리는 하지 않기로 했다.

"소희야. 잊어. 더 멋진 남자가 나타날 거야. 나도 그새 강인 오빠 잊었잖아."

내 말에 소희가 정색하며 말했다.

"아니야. 가현 오빠보다 멋진 남자는 없어. 그렇게 말하지 마."

입이 다물어지지 않았다. 소희를 이렇게 만든 게 설가현이라니, 살면서 가장 충격적인 날이다.

"가인아. 나 집에 가 볼게."

소희가 실컷 울더니 자리에서 일어섰다.

현관까지 소희를 배웅하고 방으로 들어왔다. 방에 혼자 남으니 다시 마음이 소란스러워졌다. 자연스럽게 최강인 별스타그램이 떠올랐다.

'최강인 어떻게 갚아 주지?'

이대로 당하고만 있을 순 없다. 나는 머리를 굴리며 최강인의 SNS에 들어갔다. 누구든 다 보라는 듯 활짝 열어 둔 공개 계정이었다. 이대로 두면 거짓말이 더 퍼질 게 분명했다. 나 혼자만 억울해지고 끝날 일이 아니라는 생각이 들었다.

> 거짓말이잖아! 빨리 삭제해. 경찰에 신고하기 전에!

십 분이나 들락날락하며 확인했지만 여전히 답이 없었다.

그때 밖에서 똑똑 노크하는 소리가 들렸다. 부모님은 아직 돌아오지 않았으니 밖에 있는 건 딱 한 명뿐이다.

"왜?"

신경질을 내며 문을 열었다. 설가현이 무언가를 말하려는 듯 머뭇거렸다.

"빨리 말해. 나 충격받아서 쓰러질 지경이니까."

"석소희 네 친구잖아."

팔짱을 끼고 쏘아봤다.

"내가 볼 때 소희는 정말 착하고, 여린 친구 같아. 정말 너랑 왜 친구인지 모를 만큼…"

"아오!"

지금 사람 놀리나! 문을 닫으려는 찰나, 오빠가 급히 사과했다,

"아, 미안 미안! 내가 하려는 말은 소희 잘 지켜 주라는 거야. 난 공부해야 해서 연애할 여유 없거든? 그렇지만 나도 소희가 싫지 않아. 그러니까…"

"무슨 영화 찍냐? 네가 알아서 해!"

성질을 내며 문을 닫아 버렸다. 무슨 자기들이 로미오와 줄리엣이야 뭐야?

그때 '띠링' 하고 핸드폰이 울렸다. 어라? 최강인에게서 별스타그램 DM으로 답장이 왔다.

@kang_1n

> 그렇게 문자 하나 보내고 나면 다 끝날 줄 알았냐?
> 그리고 설가현….
> 너네 오빠인데 왜 아니라고 거짓말 쳤냐? 진짜 어이없다.

답장을 보자 머리카락이 쭈뼛 솟았다. 이런저런 핑계를 대고 싶었지만 어차피 우리는 헤어진 사이고, 무슨 말을 하든 구차해

질 뿐이다. 이럴 때는 사과하는 게 가장 좋다.

최강인은 답이 없었다. 도대체 무슨 생각을 하는 건지 알 수 없어 불안했고, 그제야 슬펐다. 이런 사람을 한 달이나 좋아한 게 후회됐다. 나 자신이 미웠다.

최강인이 올린 게시물 아래 댓글을 하나하나 읽었다.

└ 최강인 인기는 알아줘야 해.

└ 인성이 어땠길래 데이트 한 번 만에 찼냐?

└ 무슨 일 있었는지 상세히 써 봐.

└ 설가인? 설가현 동생?

그새 댓글이 달려 있었다. 얼굴이 화끈거리더니 눈물이 울컥 차올랐다. 그때 마지막 댓글이 눈에 들어왔다.

taeyangha
글 당장 삭제하세요! 이거 명예훼손입니다!

가만, 아이디가 눈에 익었다. 'taeyangha' 그대로 발음하면 태. 양. 하. 설마, 하태양? 서둘러 계정을 찾아 들어갔다. 마스크를 쓴 남자아이 사진이 프로필에 있었다. 코와 입을 가렸지만 태양이만의 반달눈은 여전했다.

순간 머리가 멍해졌다. 태양이 얼굴에 이어 이모, 엄마, 아빠까지 차례차례 떠올랐다. 나랑 강인 오빠가 사귀었다는 사실을 설가현에게 들킨 것도 창피한데 태양이까지 알게 됐다. '역할 대행' 어쩌고저쩌고했을 때도 사실대로 말하지 않았는데… 얼굴이 화끈거렸다.

'정말 제멋대로야!'

이제는 화가 솟구쳤다. 녀석은 도대체 뭘 안다고 이런 댓글을 남긴 거야? 화를 주체할 수 없어 태양이에게 메시지를 보내고 말았다.

나중에 확인하길 바랐는데 바로 메시지를 읽었다.

태양

태양

태양이의 말에 삐죽 눈물이 솟았다.

태양

순간 얼어붙었다. 여보세요, 지금 이럴 때가 아니라고요. 네가 좋아하는 석소희가 세상에서 제일 못생긴 남자한테 빠졌다고!

이럴 시간에 좋아하는 애한테 고백이나 해!

태양

아니야. 시행착오를 최대한 줄여야 한다고!

어휴, 이런 멍청이.

네가 좋아하는 아이. 혹시 나랑 가까운 사이야?

차마 소희 이름을 꺼낼 수 없어, 빙빙 에둘러 물었다.

태양

몰라. 아마도?

긍정도 부정도 아닌 대답이었다. 아니, 긍정 쪽에 가까울지도 모르겠다. 이상하게 힘이 쭉 빠졌다.

태양

뭐라고 대꾸할지 몰라 핸드폰을 만지작거렸다. 소희는 우리 오빠를 좋아하고, 비록 사귀지는 않지만 오빠도 소희를 싫어하는 거 같지 않은데. 내 친구들이 상처받는 걸 더는 보고 싶지 않았다.

어쩌면… 이번이 기회일지 모르겠다. 태양이가 소희에게 제대로 고백하도록 돕는다면, 소희도 우리 오빠에 대한 마음을 자연스럽게 접을지도 모른다. 그렇게 둘을 이어 주는 대가로 나는 피규어를 챙기면 되니까.

태양

   고백부터 할게요

알았다, 알았어! 햄버거 사 주면 될 거 아냐. 나는 항복 선언과
도 같은 문자를 보냈다.

데이트다운 데이트

다음 날, 느긋하게 버스를 타고 시내 사거리에 있는 대형 서점으로 갔다. 신간 판매대 앞의 태양이가 날 보고 손을 흔들었다. 통 넓은 청바지에 남색 후드티, 청색 모자를 썼는데 꽤 잘 어울렸다.

'태양이는 자기에게 뭐가 잘 어울리는지 아는구나.'

언제 나 모르게 패션 감각을 익힌 거야? 트레이닝복을 대충 입고 데이트에 나온 최강인과는 여러모로 비교됐다.

"뭐 살 거야?"

"그냥. 문제집도 사고, 이것저것 구경하게. 너랑 같이 와 보고 싶었어."

태양이의 보조개 주변으로 붉은빛이 맴돌았다.

못 보던 신간이 꽤 많았다. 나는 소설 매대 쪽으로 걸음을 옮겨 책을 한 권 한 권 살폈다.

"관심 있는 책 있어?"

태양이가 다정하게 물었다.

"너 몰랐지? 내 꿈 작가인 거."

내 말에 태양이 눈이 커졌다. 진짜 내 꿈을 누군가에게 말하는 건 처음이다.

"너도 내가 코미디언 되고 싶어 하는 줄 알았지?"

사실 나의 사회적인 꿈은 코미디언이다. 무슨 말만 하면 친구들이 재밌다고, 코미디언이 되라고 해서 만들어진 꿈이다. 하지만 사실 내가 진짜로 되고 싶은 건 작가다. 몇 년 전, 도서관에서 한 작가의 강연을 들은 후 꿈이 생겼다.

"요즘은 다양한 직업을 가지고 일하면서도 작가가 될 수 있어요. 꾸준히 글을 쓰고, 책으로 펴낸다면 그게 작가죠."

작가님의 말이 큰 힘이 됐다. 나도 언젠가 내 이야기가 담긴 책을 꼭 써 보고 싶다.

"너 글 잘 쓰잖아. 꼭 작가가 될 거야."

태양이의 말에 눈을 동그랗게 떴다.

"내 글 본 적 있어?"

“뭐, 꼭 작품을 봐야 아나? 나 전학 갔을 때 우리 한동안 편지 주고받았잖아. 그때 느꼈지. 작가의 포스가 있다고.”

“그런가?”

멋쩍어하는 날 보며 태양이가 활짝 웃었다. 태양이가 전학 간 후 우리는 세 차례 정도 편지를 주고받았다. 엄마와 이모가 통화하며 바꿔 준 덕에 날마다 서로 목소리를 듣고 안부를 물었지만 이상하게 편지를 쓰고 싶었다. 하지만 매일 전화하던 것도 일주일에 한 번, 세 달에 한 번으로 줄어들며 태양이가 없는 일상도 점점 적응해 버렸다.

“네가 준 편지 아직도 내 보물 1호야.”

태양이의 말에 두 뺨이 발그레 달아올랐다. 분명 네가 좋다, 보고 싶다. 이런 말을 썼을 거다. 그때는 아주 어렸으니까.

“뭐? 으악! 그걸 왜 아직도 갖고 있어?”

“내 맘이다, 뭐.”

태양이는 콧노래를 부르며 문제집 두 권을 골랐다. 평소 논술 학원과 영어 학원에 다니는데, 방학 특강을 듣기로 해서 필요하다고 했다. 나는 학원에 다니지 않는다. 그냥 온라인 특강만 듣는다.

“너는 학원 안 다니는데도 똑똑하잖아. 비결이 뭐야?”

태양이가 물었다.

"엥? 나 공부 못하는데?"

다른 반이어서 잘 모르나 보다. 수업 시간에 선생님이 질문하면 어물쩍 넘어갈 때가 많다. 시험 성적도 좋은 편이 아니다.

"그래? 내가 볼 땐 잘하는데."

도대체 무슨 근거로 저렇게 말하는 걸까?

"너, 나 놀리냐?"

어이가 없어 웃음이 나왔다. 스스스 친구들은 학원에 다니지 않는 나를 괴짜라고 불렀지만 사실 괴짜는 따로 있다. 우리 엄마, 아빠. 두 분은 나더러 하고 싶은 게 있을 때부터 열심히 공부해도 늦지 않다면서, 오빠에게는 꿈은 공부를 하면서 찾으라고 말한다. 나는 부모님이 오빠 학원비 때문에 등골이 휘어 내게만 관대해진 게 아닐까 하는 합리적 의심을 해 왔다.

"너 똑똑해. 어릴 때부터 그랬어."

태양이의 말에 진심이 느껴졌다.

"설가현한테 얘기해 줘. 하나밖에 없는 여동생을 완전히 바보 취급 한다니까."

"너 같은 여동생이 있으면 난 엄청나게 예뻐했을 텐데."

태양이는 이렇게 말하고 선물 판매대로 성큼 걸음을 옮겼다.

나도 모르게 얼굴이 붉어졌다. 낯선 칭찬 세례에 장난인가 의심했는데 말, 행동 모든 것에서 진심이 묻어났다.

문득, 내가 그 말을 듣고 싶어 했다는 걸 깨달았다. 날 오랫동안 지켜본 사람이 아니면 할 수 없는 칭찬이니까. 가슴이 콩콩 뛰었다.

"그치? 역시 네가 보는 눈이 있다니까. 음하하하!"

민망함에 일부러 크게 웃으며 태양이 뒤를 쫓았다.

선물 매대에는 정말 귀여운 제품들이 많았다. 피규어 수집이 취미인 나는 절로 신상 진열대에 눈이 갔다.

태양이가 인형 판매대 앞에서 머뭇거렸다. 혹시… 소희에게 선물하려는 걸까?

"좋아하는 애한테 선물하려고 하는구나?"

"어? 아, 아니야."

태양이가 화들짝 놀라 손사래를 쳤다. 부끄러워하기는.

귀여운 헝겊 인형 키링들이 한곳에 모여 있었다.

"진짜 귀엽다, 얘네."

소희라면 어떤 것을 좋아할까 생각하며 하나하나 살폈다.

그때 마음에 쏙 드는 게 보였다. 감자에 눈, 코, 입이 달린 못생긴 키링! 하지만 잠시 고민하다 감자 키링 대신 고양이 키링을

 고백부터 할게요

들었다.

“나는 감자가 좋은데 고양이가 무난할 거 같단 말이지.”

까만색 털에 반짝거리는 눈동자, 목에는 빨간색 리본이 달린 귀여운 고양이였다. 소희는 고양이를 정말 좋아한다. 그것도 검정 고양이! 이걸 선물하면 분명 백 점을 받을 것이다.

“난 이게 더 괜찮은데.”

태양이가 감자 키링을 들고 흔들었다.

“야! 안 돼. 내 취향은 독특해서 모든 여자에게 통하지 않는다고!”

“그럼 이건 어때? 난 이게 마음에 드는데.”

태양이가 불쑥 강아지 키링을 내밀었다. 동그란 눈, 통통한 볼살, 심술이 가득한 표정으로 연필을 쥐고 있는 강아지였다. 귀여워서 웃음이 났다.

“얘도 귀엽네.”

그제야 태양이가 활짝 웃었다.

나는 태양이가 계산을 마칠 때까지 기다렸다.

“오래 기다렸지? 자, 이거.”

갑자기 태양이가 감자 키링을 내밀었다. 이건 언제 챙겼대?

“이게 뭐야?”

"귀엽다며. 그냥 생일 선물 받는다고 생각해."

우리 생일은 8월 한여름이다. 나랑 같은 날 태어났으면서 갑자기 웬 생일 타령?

"나한테는 햄버거 세트 사 주면 되잖아."

그 말에 웃음이 터졌다.

"알았다, 알았어. 고마워."

나는 고개를 끄덕이며 감자 키링을 챙겼다.

우리는 서점을 나와 햄버거 가게로 이동했다. 갑자기 태양이가 내 팔을 잡아끌었다. 네 컷 사진 가게였다.

"새로운 키링 입양했으니 같이 사진 찍어야지?"

태양이는 자연스럽게 가게에 놓인 액세서리를 착용했다. 빨간 뽀글이 가발을 쓰고 반짝이가 붙은 선글라스를 썼다. 그 모습에 웃음이 터져 말릴 새도 없었다. 나도 자연스럽게 어울릴 만한 액세서리를 찾았다. 강아지 머리띠! 그래, 이게 좋겠다.

"오, 귀엽다!"

태양이가 날 보고 툭 무심하게 말했다. 나도 모르게 얼굴이 빨개졌다.

"어쭈! 누나더러 귀엽대!"

씩씩하게 태양이 머리를 헝클어뜨렸다. 어릴 때 많이 하던 행

 고백부터 할게요

동인데 오랜만이다. 초등학교 저학년 때까지만 해도 내가 태양이보다 훨씬 키가 컸다. 그래서 사람들은 우리가 지나가면 내가 누나라고 오해했다.

나는 태양이랑 다양한 포즈를 취하며 즐겁게 사진을 찍었다. 네 컷 사진이 인화되는 동안 화면에 동영상이 나왔다. 우리가 취했던 포즈와 행동이 고스란히 찍혀 있었다. 그 모습이 어찌나 재밌던지 마주 보고 한참을 웃었다. 문득, 어린 시절이 떠올랐다. 놀이터에서 모래 놀이를 할 때도, 물웅덩이에서 첨벙첨벙 뛰어놀 때도 우리는 이런 모습이었다.

네 컷 사진을 들여다보며 햄버거 가게로 이동했다.

"네 컷 사진이 8천 원이니까. 제일 비싼 걸로 먹어야지!"

태양이가 만 오천 원짜리 한우 버거 세트를 고르고 손가락으로 브이를 그렸다.

"다 속셈이 있었네."

피식 웃음이 나왔다.

나는 계산한 뒤 순서를 기다리며 2층 창가로 이동했다. 태양이가 후다닥 뛰어가더니 주머니에서 손수건을 꺼내 의자를 닦았다. 그러곤 나더러 앉으라고 했다. 엊그제 벤치에서도 그렇고 아주 자연스럽다. 손수건으로 의자를 닦는 건 영화에서나 보던 건데. 그것도 아주 오래된 영화. 그 모습이 귀엽게 보였다.

햄버거가 준비됐다는 알림에 태양이가 부리나케 아래층으로 뛰어갔다. 눈 깜짝할 사이에 사라지는 모습에 웃음이 나왔다. 어릴 때도 태양이는 뭘 하든 재빨랐고 달리기 역시 참 잘했다.

태양이가 쟁반을 들고 오며 날 보고 씽긋 웃었다. 보조개가 또 파였다. 멀리 떨어져 있는데도 왜 이렇게 잘 보이는 걸까. 가만, 태양이 얼굴 주변으로 빛이 나는 것도 같다. 눈을 비비고 봤는데도 여전하다. 하긴, 여기 2층은 한 면이 통창이어서 볕이 잘 든다. 너무나도 잘.

태양이와 창밖을 보며 햄버거를 먹었다. 꽁꽁 얼어붙은 바깥 풍경을 보니 봄날 이 자리에 다시 와 창밖을 본다면 참 좋겠다는 생각이 들었다.

"저 나무들 벚나무인 거 알아? 봄에 보면 예쁘겠다."

태양이가 내 마음을 엿본 듯 말했다.

"나도 그 생각 하고 있었는데."

"우리 봄에 같이 오자, 여기."

태양이의 말에 갑자기 심장이 콩닥거렸다. 왜 그런지 모르겠다. 벚꽃을 볼 생각에 설렌 걸까?

"좋아하는 여자랑 같이 와야지, 왜 나랑 오냐?"

 고백부터 할게요

나도 모르게 톡 쏘고 말았다. 태양이가 그런 날 보며 헤벌쭉 웃었다.

햄버거를 두 입 베어 먹었을 때였다. 태양이가 내 얼굴 쪽으로 손을 내밀었다.

"어이구. 설가인 이 칠칠이. 너 옛날에도 그렇게 흘리고 묻히더니만 똑같네?"

태양이가 티슈로 내 오른쪽 입가를 닦았다. 나도 모르게 태양이 손을 밀어내는데 그 손이 두툼해서 놀랐다.

"너 너무 오버하는 거 아니야?"

어색해서 피식 웃고 말았다.

"그냥 보이는 걸 어쩌냐. 안 닦고는 못 배기겠고."

"너도 설가현처럼 결벽증이냐?"

톡 쏘고 말았다.

"노! 형은 너무 지나치지."

그 말에 격하게 고개를 끄덕였다.

"너 역할 대행 많이 해 봤어?"

태양이에게 궁금하던 걸 물었다.

"아니."

"그런데 뭐가 이렇게 자연스러워?"

“그래? 그동안 꿈꾸던 거여서 그런 건가.”

태양이의 말에 고개를 갸웃했다. 꿈꾸던 거라고? 역할 대행을? 알다가도 모르겠다.

“나 오늘 첫 데이트다.”

태양이가 창밖을 내다보며 말했다.

“나도 처음이라고 하고 싶은데…. 이미 최강인이랑 한 번 했네. 그래도 더블데이트였으니까 둘이 하는 데이트는 이게 처음이네. 헤헤.”

혓바닥을 내밀며 멋쩍게 웃었다.

그런 나를 바라보며 태양이가 배시시 미소 지었다.

“너는 좀 귀여워.”

“캑캑.”

그만 목이 막히고 말았다. 왜 이렇게 칭찬을 하고 그럴까, 친구 사이에.

“너, 최강인은 왜 좋아한 거야?”

태양이가 진지하게 물었다.

“어, 그게. 축구도 잘하고, 멋있어서.”

“너 축구 좋아했어? 전혀 몰랐네.”

태양이의 말에 애꿎은 목덜미를 박박 긁었다.

“뭐, 그냥 잘생겨서. 그런데 이제는 별로.”

내 말에 태양이가 한동안 말이 없었다. 어쩐지 조금 화가 난 것도 같았다. 조리원 동기에게 실망했나?

“뭐, 남자인 내가 봐도 잘생긴 건 인정.”

“그렇지? 내 눈 이상한 거 아니지? 으하하하!”

멋쩍어서 크게 웃고 말았다. 하지만 태양이는 계속 진지했다.

“갑자기 왜 별로인데?”

“뭐랄까. 최강인 앞에서는 내 본연의 모습이 나오지 않아. 자꾸 내가 아닌 척하면서 최강인한테 맞추게 되더라고. 그게 가장 별로야. 나는 있는 그대로의 모습을 받아 주는 사람이 좋아. 얼굴보다 그게 우선이라는 걸 이제야 알 것 같아.”

대답하면서 깨달았다. 태양이 앞에서는 어린 시절부터 내 안에 새겨진 가장 편안하고도 자연스러운 모습이 나온다고.

“태양이 넌 이상형이 뭔데?”

나만 고백할 수 없지!

“음… 내 앞에서 자연스럽게 본모습을 보여 주는 사람?”

“뭐? 그거 나잖아! 음하하하하!”

나도 모르게 주책을 떨고 말았다. 오버하지 말자, 설가인!

“맞아. 너야.”

태양이가 툭 내뱉었다. 이 녀석, 나 놀리는 데 맛 들였구나.

"자꾸 놀리니까 재밌냐?"

내가 툴툴대자 태양이가 미소를 지었다.

"여자 친구 생기면 하고 싶은 거 없어?"

질문을 하며 소희를 떠올렸다. 소희는 오빠가 똑똑해서 좋다고 했다. 못생긴 얼굴도 지적으로 보일 만큼 똑똑한 남자를 좋아하는 거다. 하긴, 공부라면 태양이도 뒤지지 않는다.

"클라이밍!"

내가 고개를 갸웃거리자 태양이가 서둘러 말을 덧붙였다.

"암벽등반 말이야."

어이없어서 웃음이 나왔다. 소희는 스포츠보다는 도서관이나 박물관 가는 것을 더 좋아한다. 태양이 이러다 소희에게 퇴짜 맞겠는데.

"그런 거 말고 이런 건 어때? 도서관에서 공부하기. 박물관 탐방하기."

내 말에 태양이가 인상을 찌푸렸다.

"엥? 무슨 현장 학습 가는 것도 아니고. 데이트는 스릴 있고 재밌어야지!"

그 말에 고개를 끄덕였다. 격하게 공감이 됐기 때문이다.

"암벽등반 재밌어?"

"완전! 청소년센터 실내 클라이밍장에 거의 날마다 가. 일주일에 한 번은 선생님께 직접 배우고 있어. 정말 재밌어."

태양이가 신이 나 말했다.

"진짜 재밌겠다. 나도 배우고 싶었는데!"

"정말? 그럼 나랑 클라이밍하러 갈래? 내일 어때? 내가 가르쳐 줄게."

태양이가 환한 얼굴로 소리쳤다. 내가 가장 좋아하는 태양이의 표정이다.

"그래, 뭐."

못 이긴 척 고개를 끄덕이자 태양이가 콧노래를 불렀다.

이 순간만큼은 소희가 생각나지 않았다. 어차피 소희는 클라이밍에는 관심이 없을 거다. 그러니 이번만큼은 실컷 즐기고 와야겠다.

내 인생의 볼더링

일요일 아침 일찍 체육복을 입고 청소년센터로 향했다. 함께 클라이밍을 한 후에 점심을 먹기로 했다. 오후에는 스스스 멤버들을 만나기로 해서 아침 일찍 약속을 잡은 거다.

센터 앞에서 핸드폰을 들여다보는데 태양이가 멀리서 손을 흔들며 달려왔다.

"가인아!"

어찌나 반갑게 달려오는지 꼭 강아지 같다.

"편의점 다녀왔어."

태양이가 탄산수 두 개를 흔들며 웃었다. 가만 보니 매너가 훌륭하다. 소희랑 사귈 자격이 있어! 나도 모르게 점수를 매기고 말았다.

계단을 내려와 클라이밍장 문을 열자마자 규모에 압도되고 말았다. 입체적으로 튀어나온 벽에는 빨강, 파랑, 노랑의 알록달록한 돌들이 빼곡히 들어차 있었다. 제각각인 모양의 돌들이 벽면에 수놓아진 모습은 언뜻 거대한 기하학적 추상화처럼 보이기도 했다.

“오늘 마음 단단히 먹고 왔지?”

태양이가 허리에 손을 척 얹고 근엄하게 물었다.

“평소처럼 왔다, 왜!”

“어이구, 알았다 알았어. 잘할 거야, 설가인.”

태양이가 미소 짓더니 금세 진지한 표정을 지었다.

“자! 시작할게, 잘 들어. 이 돌들을 ‘홀드’라고 불러. 이게 시작할 때 잡는 ‘스타트 홀드’. 저기 위에 초록색 테이프 보이지. 그게 도착지를 뜻하는 ‘탑 홀드’야.”

“오. 제법인데!”

나도 모르게 칭찬이 나왔다. 태양이가 한쪽 벽면으로 날 데려가 진지하게 설명했다. 벽에는 사람이 무지개색 계단을 오르며 점차 유인원으로 변하는 그림이 그려져 있었다.

“클라이밍 레벨을 뜻해. 오늘 우리는 가장 기초 단계인 빨간색 레벨부터 시작할 거야. 높은 레벨로 올라갈수록 사람이 아니라 원숭이에 가까워져. 나무 타는 원숭이! 이렇게!"

태양이가 '끽끽끽끽' 소리를 내며 팔다리를 흔들었다. 그 모습에 웃음이 터지고 말았다.

"본격적으로 시작하기 전에 준비운동부터 하자."

나는 순한 양처럼 태양이를 따랐다. 이곳에서는 태양이가 길을 안내해 줄 목동이니까. 얼마나 시간이 지났을까, 스트레칭을 했더니 몸에 따뜻한 기운이 돌았다.

"내가 하는 거 잘 봐."

태양이가 손에 하얀색 가루를 묻히더니 '초크'라고 말해 주었다. 태양이는 신중하게 돌을 하나하나 밟고 올라갔다. 중간에 힘이 많이 들어갔는지 손을 한 번씩 털면서 올라갔다.

"으앗!"

태양이가 미끄러지는 모습에 나도 모르게 비명이 나왔다. 하지만 태양이는 다시 차분하게 다음 돌을 밟고 올라갔다. 그러곤 날 보며 방싯 웃더니 땅으로 내려왔다.

"어때?"

태양이가 허리에 손을 착 얹고 물었다.

"완전 멋졌어!"

엄지를 내밀자, 언뜻 태양이 얼굴이 붉어지는 것도 같았다.

"오늘 우리는 볼더링을 할 거야. 로프 없이 바윗덩어리를 하나하나 오르는 걸 말해. 경사가 별로 없는 이 벽면이 초보자에게 적당하지. 하나씩 잡고 올라가 볼까? 처음에는 서투른 게 당연하니까 나만 믿고."

태양이가 꼭 오빠처럼 느껴졌다. 설가현, 태양이 반만 닮아봐라!

앞에 있는 빨간색 돌에 발을 올리고 멀리 있는 돌을 오른손으로 낚아채며 암벽에 매달리는 데 성공했다. 문제는 그다음이었다. 다음 돌을 향해 발을 뻗었을 때 그만 미끄러졌다. 바닥까지 높이가 얼마 되지 않았는데도 무서워서 비명을 지르고 말았다.

"괜찮아?"

태양이가 와서 걱정스럽게 쳐다봤다.

"방금 잘했어. 클라이밍이 어려운 이유는 돌에 몸의 무게를 실어야 하기 때문이야. 꼭대기까지 올라야 한다는 부담 느끼지 말고, 그저 나에게 말을 거는 돌을 하나하나 붙잡는다고 생각해 봐."

'나에게 말을 거는 돌?'

시처럼 느껴지는 말이었다.

"클라이밍을 하다 보면 꼭 수학 문제를 푸는 기분이 들어. 오직 나 혼자서 문제를 해결해야 하거든. 한 문제를 성공해서 다음 문제로 나아가듯 돌을 하나하나 정복해 나가는 거지. 그 기분이 정말 끝내줘."

태양이의 얼굴이 반짝반짝 빛났다. 클라이밍을 얼마나 좋아하는지 말하지 않아도 드러났다. 그 모습을 보는 내 마음도 덩달아 반짝이는 것 같았다.

"자! 그럼, 내가 가장 싫어하는 수학 문제 풀어 볼까?"

짝짝 박수를 하며 다시 암벽 앞에 섰다. 나를 향해 엄지를 척 내미는 태양이를 보니 힘이 났다.

"돌들아, 내게 말을 걸어 줘!"

능청을 떨며 돌을 하나씩 붙들었다.

"설가인 너는 정말 내가 본 사람 중에 제일 웃겨."

태양이가 뒤에서 키득거렸다.

두 번째 돌에 겨우 발을 딛었는데 도무지 다음에 디딜 돌을 찾기가 힘들었다. 그만 포기하려는데 태양이가 소리쳤다.

"너만의 루트를 찾아봐. 네 손은 어느 돌에든 닿게 되어 있어. 몸을 쭉 펴서 길을 만들어 가는 거야."

숨을 고르고 빨간색 돌을 향해 팔을 쭉 뻗었다. 마치 자석처럼 돌에 손이 척 붙었다.

"잘하고 있어!"

태양이의 목소리가 커졌다. 숨을 고르고 다음 돌을 향해 발을 딛었다. 아슬아슬했지만 버틸 만했다. 다음 길을 찾으려 다섯 번째 돌에 발을 올렸는데, 그만 헛디뎌 떨어지고 말았다. 그런데 실패했다는 생각이 들지 않았다. 아까보다 나아졌으니 분명 성공한 거다.

"가인이 너 실력 있다?"

태양이가 손뼉을 치며 격려했다.

"내가 운동 신경이 좋아!"

나는 손가락으로 브이를 만들어 보였다. 문득 태양이가 볼더링하는 모습을 더 보고 싶다는 생각이 들었다. 탄산수를 마시며 태양이에게 말했다.

"너도 해. 나는 여기서 구경할게."

태양이가 고개를 끄덕이며 경사가 있는 곳으로 자리를 옮겼다. 태양이는 금방 서너 개 돌에 날렵하게 올라섰다. 울퉁불퉁 경사진 벽에 동그라미, 타원형 등 다양한 모양과 크기의 돌이 붙어 있는 것이 꼭 퍼즐처럼 보였다. 태양이가 몇 개 돌을 건너뛰더니 순간 날다람쥐처럼 멀리 떨어진 돌을 향해 몸을 날렸다. 나무 위에 대롱대롱 매달린 원숭이 같은 모습이 됐다.

나도 모르게 일어서서 태양이를 응원했다. 물론 방해될 수 있으니 조용히 마음속으로만. 내 응원을 들은 걸까, 태양이가 다음 돌을 향해 나아갔다. 초보인 내가 보더라도 쉬운 코스는 아닌 것 같았다.

마침내 태양이가 마지막 돌인 탑 홀드를 터치했다. 그러곤 가볍게 밑으로 내려왔다.

"너 진짜 잘한다."

내 말에 태양이가 숨을 고르며 대답했다.

"나 검은색 레벨 완등한 거 처음이야."

"정말?"

"응. 네가 응원해 줘서 그런 듯."

태양이의 심장 소리가 나에게까지 전해졌는지 내 심장도 덩달아 쿵쿵 뛰었다.

"클라이밍 정말 재밌다."

"그렇지? 앞으로 자주 오자!"

태양이가 신나서 말했다.

어느덧 이곳에 온 지 한 시간 삼십 분이 지났다. 서서히 배에서 꼬르륵 소리가 났다.

"배고프구나? 점심 먹으러 가자! 탕수육. 좋지?"

“당연하지!”

소희가 뭘 좋아하는지 미리 파악해 둔 모양이다. 하긴, 소희에게 스스스 클럽 정보를 들었을 테니 말이다.

청소년센터 바로 앞에 중국집이 있었다. 건널목을 건너려고 할 때 길 건너에 낯익은 둘이 다정하게 웃으며 걸어가는 게 보였다. 뭐야? 소희네? 손을 흔들려고 했는데 옆에 불청객 한 명이 있었다. 바로, 설가현! 아뿔싸, 태양이가 보면 안 되는데.

“태양아, 가자!”

서둘러 태양이를 붙잡고 이끌었다.

“어, 어디가?”

“돌아서 가자. 바로 건너면 재미없잖아. 저기 아래까지 갔다가 길 건너 다시 올라오면 되지 뭐. 우리 좀 뛸까?”

무작정 달렸다. 소희와 설가현 반대편으로 최대한 멀리멀리!

‘어이구, 석소희 내가 못 살아! 이렇게 괜찮은 태양이를 두고 왜 하필 우리 오빠를 택한 거야?’

생각이 꼬리에 꼬리를 물고 이어졌다.

“가인아, 잠깐!”

그때 태양이가 멈춰 서며 내 손을 확 잡아당겼다. 그 바람에 태양이 품에 안기고 말았다. 화들짝 놀라 태양이를 밀쳐 냈다.

"아 왜!"

얼굴이 뜨거워졌다.

"자전거."

순간 자전거가 우리 옆을 지나쳤다. 당황해서 자리에 얼어붙고 말았다.

"어디까지 가려고? 여기서 건너야 해."

태양이의 말에 정신이 안드로메다에서 지구로 돌아왔다.

"어? 그래, 건너자."

중국집으로 가는 내내 다행히 두 사람의 모습은 보이지 않았다. 갑자기 달리기를 해서 그런가, 심장이 쿵쿵 뛰었다. 암벽등반을 할 때만 해도 이 정도는 아니었는데, 갑자기 왜 이러지?

중국집에 도착하자마자 짜장면 두 개와 탕수육 소 자를 주문했다. 맛을 봤더니 아주 평범한 찹쌀 탕수육이었다. 평범하다는 것은 중간까지 간다는 뜻. 즐겁게 먹을 수 있는 맛이라는 의미다.

태양이가 나에게 묻지도 않고 소스를 뿌렸다. 그 모습을 흐뭇하게 바라봤다.

"너 소희에게 잘 배웠구나?"

내 말에 태양이가 고개를 갸웃했다.

"소희가 스스스 클럽 얘기해 줬다며. 우리 모임 어떻게 결성

됐는지 얘기 들었을 거 아냐. 우리가 탕수육 부먹파인 것도."

"아니. 그런 것까지 자세히 말 안 해 줬는데?"

머쓱해진 나는 어색함을 감추려 큼지막한 탕수육 한 점을 입에 밀어 넣었다.

"너 어릴 때부터 부먹파였잖아. 내가 그런 것도 잊어버렸을까 봐?"

그제야 어릴 적 어른들과 중화요리를 주문해 먹었을 때가 떠올랐다. 나 말고는 모두 찍먹파여서 엄마는 내게 소스가 들어 있는 그릇에 탕수육을 넣어 내밀곤 했다. 가만, 태양이도 부먹파였나?

태양이가 오렌지 맛 환타를 주문하고는 내 접시에 탕수육을 덜어 줬다.

"나도 너 때문에 부먹파 됐어. 걱정 말고 먹어."

마음의 소리를 들은 듯 태양이가 말했다.

"널 미식가로 인정하노라."

너스레를 떨자 태양이가 키득거렸다.

"넌 아주아주 재밌는 작가가 될 거야. 코미디 프로그램 방송작가도 괜찮겠다!"

그 말이 무척 따스하게 느껴졌다.

어느덧 탕수육 한 그릇을 다 비우고 말았다. 곧 스스스 클럽

모임 시간이 다가오고 있었다. 친구들을 만나면 태양이 칭찬을 왕창 해 줘야지.

계산을 하고 밖으로 나오자 찬 바람이 불어 옷깃을 여미었다.

"넌 어디로 가?"

"가현이 형 보러."

이 좋은 날, 오빠를 만난다니! 왜?

"너희 둘이 사귀냐?"

"아니. 너랑 사귀지."

태양이의 대답에 말문이 막히고 말았다.

"그렇지. 역할 대행. 내 가짜 남자 친구."

어색한 분위기를 풀기 위해 장난스럽게 말했다. 그러자 태양이 얼굴에 그늘이 생겼다.

"줄 게 있어."

태양이가 가방에서 종이 가방을 꺼내 나에게 건넸다. 그 안에는 포장지로 곱게 싸인 뭔가가 들어 있었다.

"이게 뭐야?"

"선물."

영문을 몰라 멀뚱히 서 있었다.

"네 거야. 그럼 난 간다!"

손을 흔들며 성큼성큼 걸어가는 태양이를 말끄러미 바라보
았다.

궁금해 견딜 수 없었다. 선 자리에서 포장지를 뜯었더니 키링
이 들어 있었다. 어제 서점 선물 매대에서 고른 강아지 키링. 이건
소희 선물 아닌가. 뭐야, 내가 눈치 없이 포장지를 뜯고 만 건가.

나도 모르게 태양이의 이름을 부르며 달려갔다.

"하태양! 잠깐만!"

태양이가 뚝 멈춰 섰다.

"이거 소희한테 전해 주면 되지?"

그 말에 태양이의 얼굴이 또 어두워졌다. 역시 함부로 뜯어
보면 안 되는 거였구나. 내가 모든 걸 망친 것만 같았다.

"아, 미안. 나도 모르게 포장을 까 버렸네."

"가인이 네 거라고 했잖아."

태양이의 목소리가 딱딱해졌다.

"그러니까, 왜 그랬냐고. 장난인지도 모르고 포장지 까 버렸
잖아."

툴툴거리며 대답했다. 그런데 말해 놓고도 이상했다. 태양이
는 왜 이걸 내 거라고 한 걸까. 소희 선물로 사 놓고는. 날 놀리는
건가.

“너 주려고 산 거야. 너랑 닮아서. 네 가방에 어울릴 것 같아서.”

“감자 키링 줬잖아.”

태양이가 내 눈을 쳐다봤다.

“그건 네가 마음에 들어 하는 키링. 이건 내가 마음에 들어 하는 키링.”

투명하고 맑은 눈을 더는 바라볼 자신이 없었다. 나는 얼굴을 바닥으로 떨구고 말았다. 뭐라고 대답해야 할지 몰라 애꿎은 강아지 키링만 꾹 쥐었다.

“나 가도 되지?”

태양이가 쌩하고 뒤돌아섰다. 아주 어려운 수학 문제를 풀고 있는 기분이 들었다. 태양이와 어제오늘 함께 보내면서 진짜 데이트하는 것처럼 설레고 좋았다. 하지만 마음속 한편은 소희 생각으로 가득 차 있었다. ‘어서 빨리 둘을 이어 줘야 하는데’ 하는 생각에 마음이 조급했다. 그런데 방금 깨달았다. 태양이가 소희를 좋아한다는 ‘전제’부터 잘못되었음을. 그럼 누구를 좋아하는 거야? 설마 나? 머리가 복잡해 터질 것 같았다. 나는 쩔쩔매며 태양이 뒷모습만 바라봤다.

   고백부터 할게요

한정판 쿠키 피규어

지민이가 화장실이 급하다며 삼십 분만 천천히 보자고 문자를 보냈다. 오히려 잘됐다. 생각을 정리할 혼자만의 시간이 필요했으니까.

약속 장소인 무인 카페 맞은편에 놀이터가 있었다. 나는 그네에 올라타 오늘 있었던 일을 찬찬히 떠올렸다.

몸이 붕 떠오를 때마다 태양이 얼굴이 떠올랐다. 일곱 살 무렵, 내가 그네를 타면 태양이는 늘 뒤에서 나를 밀어 주곤 했다. 그때는 내가 태양이보다 키도 크고 힘도 세서 조금만 밀어 줘도 힘차게 발을 굴러 높이 올라갈 수 있었다. 어느 날은 있는 힘껏 발을 굴리는 바람에 뒤에 서 있던 태양이가 내 그네에 부딪쳐 얼굴을 긁히고 말았다. 바닥에 엎어져 엉엉 우는 태양이를 달래느라 얼마나 고생했는지.

또 어떤 날은 모래성을 쌓다가 태양이랑 크게 싸우기도 했다. 내가 애써 쌓은 것을 태양이가 오두방정 떨다가 무너뜨린 거다. 실수라는 걸 알았지만 몹시 화가 났다. 그래서 냅다 주먹으로 태양이 머리를 갈겨 버렸다. 어찌나 서럽게 울던지 누가 보면 내가 엄청나게 괴롭힌 줄 알 거다. 실제로 어른들이 달려와 나만 혼냈다. 내가 서러워서 울자 태양이는 나를 꼭 껴안으며 소리쳤다. 가인이 그만 괴롭히라고. 어린 마음에도 '이 애는 뭐지?' 하는 생각을 했다.

그러고 보니 태양이와 함께한 추억이 많았다. 앨범을 보더라도 함께 찍은 사진이 가득 차 있을 만큼 태양이는 어린 시절 내 '베프'였다. 그런 우리가 사귀는 사이가 될 수 있을까? 아무리 상상해도 머릿속에 그려지지 않았다.

그런데 사귄다는 건 뭘까? 데이트를 하고, 여행을 가고, 결혼을 하는 어른들의 연애가 아닌 우리들만의 연애. 그건 어떤 모양새일까? 생각을 버리려고 그네를 탔는데 더 많은 생각으로 가득 차 버렸다.

그때, 지민이에게서 톡이 왔다.

지민

깜짝 놀라 바로 SNS에 접속했다.

"글 내리라고 했더니 정말 내렸네."

그저께 올린 글이 삭제돼 있었다. 그래도 말이 좀 통하는 녀석이었나 보다. 어라? 그런데 이게 뭐지? 몇 분 전에 새 게시글이 올라와 있었다. 자세히 봤더니 태양이와 최강인이 주고받은 메시지였다. 대화는 점점 과격해지더니 '네가 뭔데 참견이냐'는 최강인의 물음에 태양이가 '가인이 남친이다, 어쩔래'로 끝나 있었다.

kang_1n 고백녀 남친에게 협박받음.
글 내리라고, 밤길 조심하라고! 남자 친구도 있는데 나한테 사귀자고 한 거였음? 이거 완전 양다리잖아! 완전 사기꾼 커플 아님?

"사기꾼은 너고!"

나도 모르게 버럭 소리가 나왔다.

댓글을 하나하나 읽었다. 최강인을 옹호하는 대다수의 댓글 중 하나가 눈에 띄었다.

hyeon

비방 목적으로 허위 사실을 유포할 경우 7년 이하의 징역 또는 5천만 원 이하의 벌금. 모욕죄는 최대 1년 이하의 징역 또는 200만 원 이하의 벌금. 캡처했으니까 빨리 글 내려.

re: 오, 설가현 등장! 이거 흥미진진한데?
re: 역시 똑똑한 오빠. 짱 멋져요!
re: 저도 캡처했거든요? 강인 오빠 그만해요!

누가 이렇게 똑똑한가 했더니 오빠였다. 그동안 똑똑한 척한다고 재수 없다고 말했던 거 다 취소다. 태양이와 오빠 그리고 스스스 친구들까지. 내 옆에 날 응원하는 사람들이 있다고 생각하니 용기가 났다.

나는 마음을 굳게 먹고 댓글을 남겼다.

ga._.in

태양이랑은 오빠랑 헤어지고 나서 사귄 거야. 그리고 내가 오빠 찬 거잖아. 약속 시간에도 늦고, 입만 뗐다 하면 욕하고, 다른 사람 배려할 줄 모르는 사람은 정말 별로거든. 그러니 이제 그만해 줘. 제발!

'역할 대행'이라는 말은 뺐다. 어차피 지금 그게 중요한 건 아니니까.

그네에서 내리는데 종이 가방이 바닥에 풀썩 떨어졌다. 얼른 주워 모래를 탈탈 턴 뒤 안에서 강아지 키링을 꺼냈다.

'나랑 닮았다고?'

통통한 강아지 볼을 꾹 눌러 보자 마음이 편안해졌다. 나는 키링을 가방에 매달았다. 잘 어울렸다. 빈 종이 가방을 반으로 접어 정리하려는데 뭔가가 더 들어 있었다. 꺼내 보니 귀여운 쿠키가 그려져 있는 엽서였다.

가인아, 안녕? 나 태양이야.

이렇게 편지를 쓰려고 하니까 정말 쑥스럽다.

오늘 너랑 데이트하고 집에 와서 편지를 써.

강아지 키링, 너랑 닮아서 꼭 선물하고 싶었어. 너도 마음에 들지?

가인아, 사실 나 너 좋아해.

갑자기 고백하면 네가 싫어할 것 같아서 역할 대행 하겠다고 말한 거야. 어릴 때부터 네가 좋았어. 전학 가서는 이 마음이 희미해질 줄 알았거든? 그런데 아니더라. 다시 전학 와서 네 얼굴을 보는데 내 마음이 변하지 않았다는 걸 깨달았어. 나는 그냥 네가 좋아. 너라서 좋아. 우리 사귀자. 가짜 말고 진짜로. 네 대답 기다릴게.

깜짝 놀라 종이 가방을 떨어뜨리고 말았다. 뭐? 태양이가 날 좋아한다고? 왜? 얼굴이 화끈거렸다. 태양이는 나에게 가족 같은 존재였다. 시간이 흘러 다시 만났지만, 여전히 친근하게 느껴졌다. 어제오늘 함께 시간을 보내면서 태양이의 새로운 모습에 불쑥 가슴이 뛰기도 했다. 태양이가 좋다. 하지만 그게 사랑인지는 모르겠다.

"설가인! 거기서 뭐 해?"

지민이의 목소리에 고개를 들었다. 무인 카페 앞에 소희랑 지민이가 서 있었다. 나는 엽서를 가방 깊숙이 넣고 손을 흔들며 친구들에게 달려갔다.

우리는 약속이나 한 듯이 딸기 스무디를 주문해 자리에 앉았다.

"너 뭐야. 우리한테 말도 안 하고. 태양이랑은 또 언제 사귄 거래?"

지민이가 장난스럽게 눈을 흘기며 말했다.

"미안, 미안. 그게 사실은…."

솔직하게 말하려고 입을 뗐다.

"아냐, 됐어. 이번 내기는 더 기다릴 것도 없이 가인이 승리네!"

지민이가 경쾌하게 말했다. 분명 지민이가 제일 먼저 수호랑 사귀기로 했는데 이게 무슨 말이지?

"수호랑 헤어졌어. 나도 이제야 말하네."

"잘 어울렸는데, 왜?"

깜짝 놀라 되물었다.

"한 살 어리다는 생각에 자꾸 잔소리하고 참견하게 돼."

"뭐어?"

피식 웃음이 나왔다.

"사귄다는 게 뭘까?"

지민이가 진지하게 물었다.

"수호랑 사귀기 전에도 우리는 매일매일 연락 주고받았거든. 사귀고 나서도 달라진 건 없는데 마음이 점점 무거워지더라고. 뭔가 해야 할 것 같고, 해 줘야 할 것 같고, 챙겨 줘야 할 것 같고. 그러다 보니 남자 친구가 아니라 남동생처럼 느껴지더라."

지민이의 말에 소희가 고개를 끄덕였다.

“그러게. 나도 요즘 가현 오빠랑 많이 가까워졌거든. 예전보다 대화도 많이 하고, 서로 챙겨 주고. 이게 사귀는 게 아니면 뭐야?”

그제야 아까 길에서 둘을 발견한 게 생각났다.

“너희 진짜 뭐야? 아까 설가현이랑 어디 갔던 건데?”

소희가 목덜미를 긁적이며 수줍게 말했다.

“도서관. 오늘 오빠가 책 골라 준다고 했거든!”

“너희 사귀냐? 그거 완전 데이트잖아.”

내 말에 소희 목소리가 커졌다.

“그치? 가인이 네 생각도 그렇지? 그런데 오빠는 자꾸 나중에 사귀재.”

“설가현 밀당 하는 거야 뭐야? 못생긴 게 가지가지 하네!”

내 말에 소희가 툴툴댔다.

“그렇게 말하지 마. 너무 심하다.”

“네가 좋아하는 사람 못생겼다고 하면 넌 기분 좋겠냐?”

지민이가 소희 편을 들었다.

“아이고! 알았다, 알았어!”

내가 두 팔을 들고 항복한다는 신호를 보냈다. 그러자 둘이 까르르 웃었다.

"그나저나 가인이랑 태양이 잘 어울리지 않니? 태양이가 가인이 좋아하는 거…. 난 이미 눈치챘지!"

소희의 말에 깜짝 놀랐다.

"뭐?"

나는 전혀 몰랐다. 이제껏 소희를 좋아한다고 생각했는데, 번지수를 단단히 잘못 찾은 거다.

"태양이가 너희 집에 계속 들락거리는 이유가 뭘까?"

"그야 오빠 만나러…."

"아니지. 네 얼굴 보러 가는 거잖아. 그리고 태양이가 너 볼 때마다 엄청 무게 잡는 거 몰랐어? 오지랖 태평양에다 까불까불 난리법석인 하태양이 네 앞에만 서면 갑자기 멋진 척을 한다니까."

소희의 말에 지난 일들이 떠올랐다. 나는 태양이가 소희 앞에만 서면 장난꾸러기 본연의 모습으로 돌아가는 줄 알았다. 어릴 적에는 어리광 많은, 남동생 같은 친구였는데 어느덧 훌쩍 커 버린 모습이 낯설게 느껴지기도 했다. 그런데 내가 오해한 거였다니.

"짜잔! 축하해! 시크릿 박스!"

지민이가 종이 가방에서 커다란 상자를 내밀었다. 그 안에 우리가 그동안 모은 선물들이 가득 차 있었다. 내 눈에 들어오는 건 오직 하나, 쿠키 피규어뿐이었다.

"난 이거 하나면 충분해."

"오! 나머지는 우리 가져도 되는 거야?"

소희가 감동한 눈빛으로 되물었다.

"당연하지. 내 목표는 처음부터 오직 이거였으니까!"

쿠키 피규어를 흔들어 보이자 지민이가 웃음을 터뜨렸다.

"진정한 사랑도 얻고 선물도 얻고! 가인이가 승자다, 승자!"

'진정한 사랑'이라는 말에 가슴이 턱 막히는 것 같았다. 어디까지나 태양이는 내 가짜 남자 친구인데 말이다.

친구들에게 사실대로 말하려고 했는데 타이밍을 놓치고 말았다. 아니, 내가 일부러 놓친 걸까. 축하하는 친구들에게 찬물을 끼얹기도 미안하고, 쿠키 피규어를 눈앞에서 놓치기도 싫었다.

무엇보다 엽서가 계속 아른거렸다. 사귀자는 태양이의 고백에 좋다는 대답만 한다면 우리는 정말 커플이 되는 거다. 모든 건 내 마음에 달려 있었다. 그런데 왜 마음이 바로 서지 않는 걸까. 내 마음을 들여다보는 게 시급하다. 그 후에 친구들에게 고백해도 늦지 않는다. 아마 스스스 친구들이라면 이런 날 이해해 줄 거다.

 고백부터 할게요

빛나는 졸업식

"졸업을 진심으로 축하합니다. 빛나는 미래를 향해 힘차게 날아오르길!"

정문 앞 현수막이 펄럭였다.

오지 않을 것만 같던 졸업식 날이 와 버린 것이다. 원래 오늘은 최강인에게 고백하려던 날인데. 그사이 많은 일이 벌어졌다. 나흘이면 역사를 바꿀 수도 있는 시간이라 생각했다. 그러고 보니 나에게 잊지 못할 역사가 남긴 한 것 같다. 그게 흑역사라는 게 문제지.

최강인은 아직도 게시물을 삭제하지 않았다. 오늘 직접 얼굴을 보고 말할 생각이다. 솔직히 몹시 떨리지만 소희, 지민이가 함께 가 주기로 했다.

계단을 올라 2층 교실로 향할 때였다. 화장실 안에서 아이들이 떠드는 소리가 들렸다.

"뭐? 양다리라고?"

"어, 강인 오빠랑 하태양이랑."

"헐! 너무한다!"

순간 몸이 얼어붙고 말았다. 지금 내 얘기를 하는 건가?

'어떡해. SNS 때문에 소문이 다 났나 봐.'

눈물이 날 것 같았다. 나는 서둘러 교실로 걸음을 옮겼다. 문을 열고 들어서자, 아이들이 나를 바라봤다. 모두가 날 손가락질하는 것 같다. 나는 책상에 머리를 묻고 엎드렸다. 이럴 때 소희, 지민이랑 같은 반이면 든든할 텐데. 갑자기 외톨이가 된 기분이었다.

"가인아, 괜찮아?"

짝꿍이 걱정스러운 목소리로 물었다.

"응, 배가 좀 아파서."

고개를 들지 않고 거짓말로 둘러댔다.

"보건실 가서 누워 있어. 내가 선생님께 말씀드릴게."

그 말에 정말 배가 아파졌다.

"그래야겠다."

배를 붙들고 보건실로 향했다.

보건 선생님 안내를 받고 침대에 누웠다. 용기를 내어 최강인 SNS를 열었더니 여전히 게시글을 지우지 않은 채였다. 화가 나기보다는 슬펐다. 도대체 어디까지 소문이 난 걸까? 절대 양다리를 걸친 게 아니라고, 최강인이 거짓말을 하는 거라고 소리치고 싶었다. 하지만 누가 내 말을 믿을까? 아무리 댓글을 달아도 벌써 시시덕거리는 친구들이 있는데.

보건실에 인기척이 들리더니 곧 커튼이 쳐졌다.

"야, 설가인. 너 뭐야."

"괜찮아?"

스스스 클럽이다. 둘의 얼굴을 보니 나도 모르게 눈물이 나왔다.

"너 왜 울어. 속상하게."

지민이가 나를 꼭 안아 주었다.

"최강인 나쁜 놈. 태양이랑 우리가 있잖아."

"그래! 그날 내가 봤잖아. 똥 매너인 거. 내가 그날 상황 하나도 빠짐없이 SNS에 올릴 거야."

지민이가 공룡처럼 포효하며 말했다. 그 모습에 조금 웃음이 났다.

"너 울다가 웃으면 어떻게 되는지 알지?"

지민이가 내 겨드랑이를 간지럽혔다.

"그만해, 간지러워."

"많이 아파?"

소희의 물음에 옅은 미소를 지으며 답했다.

"아니, 그냥 좀 힘들어."

몸이 힘든 걸까, 마음이 힘든 걸까.

"안 되겠다! 이따 졸업식 끝나고 떡볶이 먹으러 가자! 스트레스 해소에는 매운 음식이 짱이라고!"

지민이의 말에 나와 소희는 약속한 듯 고개를 끄덕였다.

"나중에 딴말하기 없기야."

그때 커튼 사이로 환한 얼굴이 쏙 나타났다. 태양이었다.

"드디어 남자 친구 등장이요!"

지민이가 너스레를 떨었다.

"어머! 남친 오셨으니 우린 이만 빠져 줘야겠네!"

소희가 지민이를 끌고 밖으로 나갔다.

"너희 어디 가? 그냥 여기에 있어!"

붙들어도 소용없었다. 어느새 내 앞에 태양이가 앉아 있다.

"괜찮아?"

녀석의 걱정 가득한 얼굴을 보니 어제 읽은 엽서가 생각나 마음이 좋지 않았다.

"응, 그냥."

"걱정하지 마. 최강인은 너 괴롭힌 만큼 당하게 될 거야. 졸업식 날 보면 알게 되겠지."

"뭐? 너 싸우려는 거 아니지?"

내 말에 태양이가 피식 웃었다.

"전혀. 손 안 대고 해치울 방법 있어."

궁금해서 못 참겠다!

"뭔데? 말해 줘. 어?"

"담비 누나 도움받으려고."

"뭐? 담비?"

설마 최강인 SNS 친구였던 담비 계정을 말하는 걸까?

"이름은 김단비. SNS 계정은 담비. 누나 나랑 같은 논술 학원 다니거든. 어느 날 와서 나한테 최강인 얘기를 하더라고. SNS에서 내 댓글 봤다면서."

태양이가 해 준 말은 놀라웠다. 최강인이랑 단비 언니가 헤어진 줄로만 알았는데, 실상은 전혀 달랐다. 최강인은 단비 언니와 다퉈 잠시 연락이 끊긴 틈을 타 나와 사귀었던 것이다. 즉, 양다리를 걸친 건 내가 아닌 최강인이었다! 너무 괘씸해서 부글부글 화가 끓어올랐다.

"나쁜 짓 하려는 거 아니니까 걱정 마. 눈에는 눈, 이에는 이. 이런 거 나는 별로인 편. 단비 누나가 알아서 할 거야. 그 누나 진짜 무서워!"

"혹시… 언니 연락처 알려 줄 수 있어?"

태양이가 눈을 동그랗게 뜨고 날 쳐다봤다.

"통화해 보고 싶어서. 어떻게 보면 나도 잘한 거 없잖아. 사과하고 싶어."

"그래. 가인이 너는 현명하니까."

태양이가 번호를 알려 줬다. 마음에 따뜻한 온기가 퍼졌다.

"이제 좀 괜찮지? 내가 데려다줄까?"

그 말에 아이들이 수군거리던 소리가 떠올랐다. 태양이랑 같이 등장하면 또 소문이 눈덩이처럼 커질 거다. 태양이가 눈짓으로 '어때?' 하고 물으며 내 대답을 기다렸다.

"다들 수군거릴 거야. 양다리다 뭐다…."

"왜 그렇게 졸았어? 너 잘못한 거 하나도 없어. 진짜 양다리 걸친 건 최강인이지."

"그래도… 우린 진짜로 사귄 것도 아니고, 지금도…."

횡설수설 말이 나왔다. 엽서 마지막 문구가 떠올라서다.

우리 사귀자. 가짜 말고 진짜로. 네 대답 기다릴게.

"엽서… 봤어?"

드디어 올 게 왔다.

"어? 무슨 엽서?"

나도 모르게 거짓말을 하고 말았다. 도대체 왜 이러나 모르겠다.

"종이 가방… 버렸어?"

"어? 버렸나? 아, 아니다! 집에 있을 거야. 종이 가방 안에 엽서가 있었나? 가서 확인해 볼게. 하하하!"

목소리가 '솔' 음으로 올라갔다. 내가 들어도 너무 어색한 웃음이었다.

태양이가 날 뚫어져라 보더니 희미하게 웃었다. 분명 웃는 얼굴인데 어딘지 모르게 슬퍼 보였다.

"가자. 이제 졸업식 시작해."

태양이가 자리에서 일어서며 말했다. 휴, 다행이다. 위기를 잘 넘겼다. 엽서에 대한 답은… 에라, 모르겠다. 너무 늦지 않도록 내 마음을 전해야겠다.

태양이를 따라 보건실을 나섰다.

"태양아, 먼저 가. 나 통화 좀 하고 갈게."

해야 할 일이 떠올랐다. 태양이도 눈치챘는지 알았다며 자리를 비켜 주었다.

떨리는 마음을 가다듬고 번호를 눌렀다.

"여보세요?"

발랄한 목소리가 흘러나왔다. 단비 언니였다.

"안녕하세요? 저… 설가인이라고 합니다."

언니는 한동안 말이 없었다.

"저… 태양이한테 전화번호 얻었어요. 그게…."

갑자기 머리가 엉켜 버렸다.

"아, 안녕?"

"언니, 미안해요. 그냥 사과해야 할 것 같았어요. 저는 강인 오빠가 여자 친구 있는 줄 모르고…."

"됐어."

단호한 답에 순간 멈칫했다. 나한테 화가 났나 싶어서.

"네가 왜 사과해. 우리가 왜 속상해야 하는데. 잘못한 건 걔지. 난 다 이해해."

나한테 화가 난 게 아니었다.

"태양이에게 다 들었어. 최강인이랑 헤어진 건 아주 잘한 일이야. 태양이랑 잘 지내 봐. 너 정말 많이 좋아하더라. 나 바빠서 전화 끊을게!"

단비 언니가 발랄하게 외치며 전화를 끊었다.

가슴이 콩닥콩닥 뛰었다. 단비 언니가 날 이해한다는 말도, 우리가 속상해할 필요가 없다는 말도, 태양이가 날 많이 좋아한다는 말도 다 힘이 됐다.

그때 방송실에서 졸업식이 시작되니 체육관에 모이라는 안내가 나왔다. 오늘은 오빠 졸업식이라 엄마 아빠도 오기로 했다. 나는 서둘러 체육관으로 향했다.

문이 활짝 열린 체육관은 봄 햇살처럼 화사했다. 들어서는 사람마다 커다란 꽃다발을 안고 환하게 웃었다. 밖은 아직도 한겨울인데 이곳은 어느덧 봄이다.

3학년 언니 오빠들이 가장 앞자리에 자리했다. 엄마 아빠가 나더러 손을 흔들었다. 저 멀리서 소희와 지민이가 달려왔다. 소희 품에는 프리지아 꽃다발이 안겨 있었다.

"예쁘지? 이거 사느라 아침부터 고생했어. 오빠가 좋아할까?"

소희 눈이 하트로 변했다. 일편단심 민들레 아니 프리지아다!

그때 지민이가 내 옆구리를 콕콕 찔렀다.

"저기 최강인이다. 가서 한마디하고 오자."

앞쪽 구석 자리에 최강인이 앉아 있는 게 보였다. 주먹을 꾹 쥐고 자리를 옮기려는데 태양이가 내 어깨를 잡았다.

"잠깐. 시간 충분해. 졸업식 끝나고."

나는 말없이 고개를 끄덕였다.

그래, 잠시만 참자. 오늘 졸업식은 최강인에게 다시 안 올 소중한 순간일 테니까. 아무리 악당이어도 그런 시간을 만끽할 권리는 있다.

졸업식이 시작됐다. 객석 곳곳에서 학부모와 가족들이 핸드폰으로 연신 사진을 찍어 댔다. 웃음소리와 울음소리가 섞인 환호가 메아리처럼 체육관에 퍼졌다.

졸업식을 지켜보는 중에도 자꾸만 옆자리 태양이가 신경 쓰였다. 힐끗 옆을 돌아보니 태양이의 눈이 반짝거리는 게 보였다. 동그란 콧날도 귀여웠다. 듬직했다. 가슴이 뛰었다.

'흐억! 도대체 나 왜 이러는 거야?'

도리도리 고개를 흔들며 심장을 다스렸다.

옆에서 날 빤히 보는 게 느껴져 고개를 들었다가 태양이와 눈이 마주쳤다. 태양이가 눈을 동그랗게 뜨더니 소리 없이 입을 벙

긋거렸다.

'뭐. 해.'

나는 민망해서 미소 지었다.

'귀. 여. 워.'

뭐야. 지금 나보고 귀엽다고 한 거야? 얼굴이 화끈거리고 귀까지 뜨거웠다. 나는 못 들은 척 고개를 들고 저 멀리 단상만 쳐다봤다.

드디어 졸업식이 끝났다. 엄마 아빠가 설가현에게 꽃다발을 주었다. 그런데 불효막심한 설가현은 소희만 반겼다.

"가인아, 네 오빠 왜 저래? 혹시 소희 좋아하니?"

엄마가 화들짝 놀라 물었다.

"관심 없어."

나는 이렇게 말하고 피식 웃었다. 누가 보더라도 설가현이 소희를 짝사랑하는 것 같다.

그때였다. 출입문 쪽에서 갑자기 요란스러운 소리가 들렸다.

"너! 양다리였어?"

소리의 근원지를 찾아 고개를 돌렸더니, 거기에 최강인과 옆 학교 교복을 입은 여자아이가 서 있었다. 하나둘 몰려드는 사람들 틈에 우리도 조심스레 끼었다.

“나랑 만나면서 어떻게 후배랑 사귈 수 있어? 영화관 데이트도 했다며?”

깜짝 놀라 귀 기울였다. 설마 내 얘기인가? 그렇다면 저 사람이 단비 언니다!

“오해야. 걔가 고백해서 한번 만나 준 거뿐이라고.”

순간 욱 하고 화가 올라왔다. 눈치챈 태양이가 내 어깨를 지그시 누르더니 앞으로 걸어 나갔다.

“사귄 거 맞잖아요. 형이 먼저 사귀자고 했던데요?”

“맞아요. 저희 더블데이트까지 했잖아요.”

지민이도 큰 소리로 끼어들었다.

최강인 얼굴이 서서히 벌게졌다. 그제야 사람들이 자신을 지켜보고 있다는 걸 깨달은 모양이었다. 단비 언니가 눈을 세모꼴로 뜨고 최강인을 째려봤다.

“넌 진짜 최악이야! 벌써 몇 번째냐. 이 바람둥이야!”

단비 언니가 꽃다발을 최강인 머리에 던졌다. 장미꽃이 주변으로 흩날렸다. 꼭 드라마 속에서만 보던 이별 장면이다. 양다리를 걸친 건 자기면서 엄한 나를 공격하다니.

“하태양, 땡큐!”

단비 언니가 태양이에게 인사하더니 날 보고 윙크를 했다. 정말 멋있었다!

"형, SNS 글 내리세요. 지금 당장요! 가자, 가인아."

태양이가 내 손을 잡아끌었다.

도착한 곳은 매점. 태양이가 나에게 바나나 우유를 내밀었다.

"마셔. 너 이것도 좋아하잖아."

내가 좋아하는 건 다 알고 있다.

"커피 우유로 갈아탄 게 언제인데."

어릴 적 가족들 함께 찜질방에 갈 때마다 먹었던 바나나 우유를 기억하고 있었다니.

"싫으면 말고."

"아니야. 좋아해"

"그 말 좋다."

태양이가 뜬금없이 말했다.

"방금 좋아해, 했잖아."

멋쩍어서 단비 언니 이야기로 화제를 돌렸다.

"단비 언니 진짜 멋지더라!"

"그치? 여려 보이는데 엄청 당차! 오랫동안 검도 배웠대."

"그랬구나."

검도하는 긴 생머리 소녀. 짧은 시간 본 게 전부지만 단비 언니와 아주 잘 어울렸다.

"하태양, 고마워. 도와줘서."

고맙다는 인사는 해야 할 것 같았다.

"별말을."

태양이가 어깨를 으쓱했다. 자기 일처럼 나서 준 태양이에게 고마웠다. 더는 태양이에게 마음을 숨기거나 거짓말을 해서는 안 되겠다는 생각이 들었다. 문자로 말하면 오해가 생긴다는 걸 최강인과의 일을 통해 알게 됐다. 불편하더라도 얼굴을 보고 말해야 한다. 내일부터는 방학이니까.

"태양아."

"가인아."

동시에 서로의 이름을 불렀다.

"먼저 말해."

"아니야, 네가 먼저 말해."

우리는 무슨 약속이나 한 것처럼 굴었다.

"그럼 내가 먼저 말할게. 너 엽서 봤지?"

"뭐? 캑캑캑!"

속을 꿰뚫는 질문에 헛기침이 나왔다.

"함께 지낸 세월이 몇 년이냐? 같은 날 한 병원에서 태어나 같은 조리원에서 컸다고. 내가 널 딱 보면 모르냐? 거짓말로 둘러대는 거.”

태양이가 피식 웃었다.

“거짓말하려던 건 아닌데⋯ 미안해.”

내가 먼저 고백하고 싶었는데 결국 이렇게 돼 버렸다.

“너는 내가 싫어?”

태양이가 진지하게 물었다. 어려운 문제를 푸는 기분이다. 나는 더듬거리며 대답했다.

“아, 아니. 그게 아니라⋯ 우리는 아주 꼬꼬마 시절부터 친구였잖아. 그런 우리가 사귄다는 게 너무 이상하다는 생각이 들어. 좋고 말고를 떠나 계속 그런 생각이 드는 걸 어떡해.”

나는 속마음을 두서없이 내뱉었다.

“이해해.”

태양이가 차분하게 대답했다. 무슨 말이든 더 하고 싶었는데 조리 있게 말할 자신이 없었다. 그렇게 우리는 한동안 아무 말이 없었다.

“피규어는 받았어?”

태양이의 질문에 머쓱해져서 고개를 끄덕였다. 피규어를 얻으려고 모두를 속인 것 같아 기분이 좋지 않았다.

“그럼 됐어. 어차피 처음부터 너 피규어 갖게 해 주려고 시작한 일인 걸. 사실 너를 향한 내 마음이 이 정도인지 몰랐어. 가짜로 시작했다가 진짜인 걸 알게 됐다고나 할까. 이 정도면 됐어.”

태양이가 쓴웃음을 지었다. 무슨 말이라도 해 주고 싶은데 할 말이 생각나지 않았다. 오늘따라 태양이 앞에서 건전지가 다 된 장난감 같은 기분이다.

“삭제했네!”

태양이가 핸드폰을 내밀었다.

“뭘?”

화면에 최강인 SNS가 있었다. 살펴봤더니 엊그제 올린 저격 글을 삭제했는지 보이지 않았다. 아까 태양이의 으름장이 효과가 있었나 보다.

“고마워. 네 덕분이야.”

“말로만?”

태양이가 장난스럽게 물었다.

“뭐 먹고픈 거 있어? 내일 만날래?”

갑자기 내일도 태양이를 보고 싶다는 생각이 들었다. 방학 동안 매일매일, 날마다 보고 싶었다. 태양이랑 있으면 편안해지고 걱정 근심이 사라지니까.

“안 돼. 나 내일 부모님이랑 태국 여행 가. 2박 3일.”

“와, 좋겠다.”

밝게 답했지만 뭔가 서운한 생각이 들었다. 태양이랑 내가 뭐라고, 아무 사이도 아닌데 왜 이런 마음이 드는 걸까.

“여행 다녀와서 보자. 나 먼저 갈게!”

태양이가 자리에서 일어서며 손을 흔들었다. 태양이 뒷모습을 보는데 가슴 속에 아령 하나가 쿵 내려앉는 것 같았다. 난데없이 마음이 저리고 콕콕 쑤셨다. 드라마나 영화에서 이별 장면을 봤을 때처럼.

그때, 지민이랑 소희가 나타났다.

“야! 한참 찾았잖아.”

“태양이 쟤는 여자 친구 두고 어디 가냐?”

지민이의 말에 정신이 번뜩 들었다. 태양이와도 마음을 정리했으니, 이제는 친구들에게 진실을 전할 차례다.

“얘들아, 너희한테 할 말 있어.”

내 말에 둘이 눈을 동그랗게 뜨고 날 쳐다봤다.

“나 사실… 태양이랑 가짜 커플이었어.”

“뭐? 이건 또 무슨 황당한 소리?”

지민이가 입을 떡 벌렸다.

“너희 둘 데이트도 했잖아.”

“역할 대행이었어. 태양이가 자꾸만 남자 친구 역할 해 준다고 해서. 속여서 미안해. 피규어 다시 반납할게.”

진심이었다. 그토록 갖고 싶던 피규어인데 막상 손에 넣고 나니 그저 그랬다. 태양이에 대한 복잡한 마음과 친구들에 대한 미안함이 섞여 그런 것 같았다.

“그런데… 태양이가 너 좋아한 거 아니었어? 태양이는 진심인 거 같던데.”

소희의 말에 눈물이 핑 돌았다.

“맞아. 나 좋아한대. 나랑 사귀재.”

“이건 뭐 신종 자랑인가?”

지민이가 팔짱을 꼈다.

“내가 못 하겠다고 했어. 소꿉친구랑 어떻게 사귀냐? 어색하잖아. 도대체 사귄다는 게 뭐야? 난 정말 모르겠어. 뭘 어떻게 해야 하는지.”

머리를 흔들며 절규하듯 말했다.

“사귄다는 건 그저 형식적인 거 아닐까? 마음이 가장 중요하지.”

“맞아. 수호랑 나도 사귀기 전이 오히려 더 자연스럽고 좋았어. 헤어졌지만 수호가 보고 싶은 마음은 여전해. 뭐, 이러면서 사랑이 뭔지 알게 되는 거겠지. 고생했어, 시스터!"

지민이가 내 등을 토닥였다.

"이쯤 되면 우리 모두 내기에 성공한 거 아냐?"

소희의 말에 지민이가 무릎을 탁 쳤다.

"그렇네! 우리 모두 성공한 거야. 성장했으니까."

"그럼 이번 미션은 우리 모두 성공!"

우리는 동그랗게 모여 앉아 손바닥을 마주쳤다. 짝짝짝!

친구들과 대화를 나누다 보니 어수선했던 마음이 조금 정리되는 것 같았다. 열여섯 살 우리의 마지막 미션은 모두의 성공으로 끝났다. 실패를 곱씹기에 우리는 너무 많이 성장했으니까.

오늘부터 1일

방학이 시작됐다. 지민이는 겨울방학 영어 캠프에 갔고, 소희는 학원을 하나 더 다니는 바람에 아침부터 저녁까지 바쁘다. 학원에 다니지 않는 나만 한가하다. 어찌나 심심하던지 도서관 겨울 독서 교실을 신청했다. 일주일에 딱 한 번뿐이긴 하지만, 내가 좋아하는 작가님이 글쓰기 수업을 진행한다고 했다. 뭐든 해야 하는데, 도대체 뭘 하지?

이상하게 태양이 얼굴이 아른거렸다. 태양이와 함께 갔던 서점, 네 컷 사진 가게, 패스트푸드점, 청소년센터를 지나갈 때마다 데이트했던 곳만 눈에 들어왔다. 지갑에 넣어 둔 네 컷 사진을 몰래 꺼내서 태양이 얼굴을 보고 또 봤는데 그럴수록 진짜 태양이가 보고 싶어졌다.

"태양이가 안 오니까 허전하네!"

설가현이 거실에서 다큐멘터리를 보다가 말고 혼잣말했다.

"부려 먹을 사람 없어서 허전한 거 아니고?"

그냥 지나치지 못하고 싫은 소리를 내뱉었다.

"하긴! 한국에 있어도 안 올 거다. 자기를 뻥 찬 여자가 사는 집에 올 남자가 어디 있냐?"

하여간 얄밉게 말하는 재주가 있다. 이대로 당하고 있을 수만은 없다.

"그러게. 소희도 얼마나 마음이 아플까. 오빠가 한 말 그대로 소희에게 전해 줄게."

"아니, 아니야! 내 말은 그게 아니라…. 어휴, 말을 말자. 항복 항복!"

설가현이 벌떡 일어나 다급히 말을 이었다. 요즘 설가현을 보고 있으면 되레 설가현이 소희를 더 좋아하는 것 같다. 그런 둘의 모습이 나쁘지는 않았다. 소희 말처럼 사귄다는 건 그저 형식에 불과할지 모르겠다.

불쑥 태양이가 보고 싶어졌다. 나는 용기를 내어 태양이에게 톡을 보냈다.

몇 번이고 핸드폰을 봤지만 태양이에게서는 답이 없었다. 여기저기 여행하느라 바쁠 거라 짐작하면서도 이상하게 서운한 마음이 들었다.

잡생각을 떨치려 일부러 핸드폰을 켜고 영상을 뒤적였다. 요 며칠 클라이밍에 꽂혀 있었더니 추천 목록엔 온통 암벽등반 영상뿐이었다. 홀드에 매달린 사람들을 하나하나 감상하다 보니 문득 클라이밍이 하고 싶어졌다. 돌에 매달렸던 순간, 얼얼하면서도 짜릿한 감각이 손끝에 맴돌았다. 곁에서 응원해 주던 태양이도 보고 싶었다.

얼마나 시간이 지났을까. 동영상 보는 게 지겨워지려고 할 때쯤, 핸드폰 화면 위로 메시지 알림이 연달아 떴다. 띠링띠링. 쉴 새 없이 몰아치는 알림의 주인공은 태양이였다.

서둘러 메신저를 열어 보니 사진과 동영상이 한가득 도착해 있었다. 반가운 마음에 하나하나 눌렀다. 가파른 바위 절벽에 매달린 사람들과 바위산 옆으로 에메랄드빛 바다가 펼쳐진 모습이 보였다.

태양

여기는 태국 끄라비. 해벽 등반 명소야.
안전장치를 해야만 올라갈 수 있어. 나는 살짝 흉내만 냈어.

몸에 루프를 감고 완만한 바위를 오르는 태양이의 모습이 보였다. 작은 바위에 올라서서 해맑게 브이를 그려 보이는 태양이 덕분에 웃음이 나왔다.

태양

암벽 꼭대기에서 밑을 내려다보면 경치가 정말 끝내준대.
아직은 어리지만 대학생 되면 다시 오고 싶어.
너도 같이 올래?

나도 모르게 얼굴이 붉어졌다.

좋아.

태양

해벽 오르려면 부지런히 연습해야 해.
실내 암벽장보다 백 배 아니 천 배는 어려울 걸.

서둘러 'OK' 모양의 이모티콘을 보냈다.

갑자기 암벽등반이 하고 싶어져 태양이와 함께 갔던 청소년 센터를 검색해 보았다. 마침 다음 주부터 두 달간 진행되는 '클라이밍 초보반' 모집 공고가 떠 있어 서둘러 버튼을 눌렀지만, 아쉽게도 이미 마감된 후였다.

"휴. 되는 일이 없어."

너무 크게 말했나 보다.

"왜? 무슨 일인데?"

설가현이 내 핸드폰을 낚아챘다.

"너도 암벽등반 관심 있냐?"

"이리 줘!"

설가현 때문에 잠잠하던 마음이 시끄러워졌다. 하여간 공부만 1등이 아니라 동생 괴롭히는 것도 1등이다, 1등.

"뭘 고민하냐? 나 같으면 전화해서 물어보겠다. 혹시 빈자리 없냐고. 아니면 무조건 가서 연습하겠다. 혹시 아냐? 같은 시간대에 수업이라 슬쩍슬쩍 배울 수 있을지."

머리를 한 대 얻어맞은 것 같았다. 설가현 말이 이렇게 와닿은 적도 없었다. 나는 서둘러 집 밖으로 뛰쳐나갔다. 그래! 일단, 가 보자. 가서 생각하자.

한달음에 청소년센터에 도착해 데스크 앞에서 숨을 몰아쉬며 다짜고짜 질문했다.

"혹시 클라이밍 초보반 빈자리 없어요?"

"잠깐만요."

오! 없다고 할 줄 알았는데 희망이 있었다. 담당자가 컴퓨터를 이리저리 두드리더니 어디론가 전화했다.

"자리 하나 있나요? 아, 네! 그래요? 다행이네요!"

다행이라니, 자리가 있다는 뜻일까? 점점 얼굴에 미소가 실렸다.

"한 자리 있어요. 럭키네!"

담당자가 밝게 미소 지었다.

"감사합니다!"

나는 연신 고개를 꾸벅이며 신청서를 받아 들었다. 정성껏 강좌 등록을 마친 뒤 사진을 찍어 두 사람에게 전송했다.

한 명은 아빠. 강의비를 입금해 달란 뜻으로. 또 한 명은 태양이.

태양이에게 문자를 보낸 후 몇 번이나 핸드폰을 살폈는지 모

르겠다. 왜 이렇게 안 읽어? 왜 이렇게 답장이 없어? 여행 중인
걸 알면서도 마음이 조급했다.

'여행이 중요해, 내가 중요해?'

이런 말도 안 되는 생각까지 들었다. 태양이 앞에서는 왜 갈
수록 유치해지는 걸까.

태양

역시 설가인 행동파라니까.

엄지손가락을 든 이모티콘과 함께 메시지가 도착했다.

해벽 등반 하려면 연습해야 할 거 아냐?

태양

멋있어. 그래서 내가 너 좋아하는 거잖아.

가슴이 쿵 내려앉으며 행복해졌다. 설마, 나 이 말을 기다린
걸까? 그래, 나는 태양이가 계속 나만 바라보고 나만 좋아해 주
길 바랐던 것 같다. 태양이가 날 좋아하는 그 마음이 사랑이든

    고백부터 할게요

뭐든, 계속 날 좋아해 줬으면 했다. 내가 태양이를 좋아하는 것처럼.

나는 대답 대신 브이 손가락 모양 이모티콘을 보냈다.

태양

태양이의 응원을 들으니 마음 깊숙한 곳에서 힘이 샘솟았다. 태양이는 나에게 따뜻한 해님 같았다. 시들시들한 나를 일으켜 세우는 존재. 나를 가장 나답게 하는 존재.

어느덧 이틀이 지났다. 오늘은 드디어 태양이를 만나는 날이다. 어젯밤, 태양이가 한국에 온다며 다음 날 함께 클라이밍 연습을 하러 가자고 했다. 태양이를 볼 생각에 얼마나 마음이 들떴는지 모르겠다.

참 이상한 일이다. 한 달 보름 전만 해도 내 마음은 오로지 최강인으로 꽉 차 있었는데 이제는 태양이로 가득 찼다. 사귀자는 태양이를 거절했으면서도 마음속으로는 날마다 태양이만 생각한다. 오락가락하는 일기예보처럼 내 마음도 휙휙 잘만 변한다. 그런 나 자신이 실망스럽다가도 그냥 생긴 대로 살자는 생각이 들었다.

태양이를 만나기 전에 문구점에 들를 일이 있어 나갈 준비를 했다. 그사이 핸드폰에 부재중 전화가 여섯 통이나 와 있었다. 아빠, 엄마, 설가현. 도대체 무슨 일이지?

엄마에게서 온 문자를 클릭했다.

엄마

> **네 오빠 다리 부러져서 입원했어. E 정형외과 302호에 있어.**

이건 무슨 만우절 장난 같은 문자인가. 이 시간이면 학원 책상에 코 박고 공부하고 있었을 텐데 뭐 하느라 다리가 부러졌을까? 계단에서 구르기라도 했나.

엄마랑 통화하고 나서야 사건의 전말을 알게 됐다. 학원 점심시간, 분식집에 가다가 넘어져 다쳤다고 한다.

"뭐?"

"놀랐지? 그래도 잘 쉬면 뼈 금방 붙을 거래."

엄마는 내가 놀란 게 오빠가 다쳐서 그런 줄 아나 보다. 전혀 아닌데. 내가 놀란 건 '분식집'이라는 대목에서다. 입맛이 까다로워 맵거나 기름진 음식 따윈 먹지 않는 설가현이, 다른 날도 아니고 학원에서 공부하는 날 점심시간에 분식집에 가다니. 누구랑? 도대체 왜?

엄마가 오빠 속옷을 챙겨 병원으로 오라고 했다. 나는 더러운 물건에 절대 손대기 싫다며 거절했다.

"그럼 새 팬티 사서 와! 안 그러면 용돈 없다?"

엄마가 화를 억누르는 게 느껴졌다. 용돈을 걸고 협박하는데 이길 수가 있나. 나는 창피함을 무릅쓰고 속옷 가게에서 남자 팬티를 아무거나 골라 계산하고 나왔다.

"어? 눈이다!"

하늘에서 눈이 내리고 있었다. 최강인과 데이트를 한 날, 내가 본 눈은 아무것도 아니었다. 이제 제법 통통하게 살이 오른 눈이 내리고 있었다. 눈이 길가에 빠르게 쌓여 갔다. 태양이와의 약속에 늦지 않으려면 서둘러야겠다.

302호 안에 들어갔더니 태양이가 있었다. 반가워 손을 흔들었다.

"형이 다쳤다고 해서 뛰어왔어."

참나, 날 부려 먹는 것도 모자라 태양이까지. 다쳤다고 동네 방네 소문을 다 냈구나.

떨떠름한 표정으로 재수탱이에게 종이 가방을 내밀었다. 엄마는 어디 갔는지 보이지 않았다.

"됐지? 태양아 가자!"

내 말에 재수탱이가 팬티를 꺼내 이리저리 살펴봤다. 태양이도 있는데 왜 저러는지 모르겠다. 하는 짓이 완전 변태 능구렁이다.

"야! 이걸 지금 나보고 입으란 거냐? 내가 입으면 흘러내리겠다. 딱 봐도 라지 사이즈인데. 하태양, 네 팬티 사이즈 뭐냐? 이거 입을래?"

태양이가 진땀을 흘리며 손사래를 치더니 가방에서 아이패드를 꺼냈다.

"형, 이거 빌려줄 테니까 심심할 때마다 봐. 나 이제 간다!"

"땡큐!"

설가현이 능구렁이처럼 웃으며 패드를 받아 챙겼다.

그때 문이 열리더니 소희가 허겁지겁 들어왔다.

"오빠 괜찮아? 어떡해. 아프겠다."

거의 울 것 같은 표정이었다. 절친을 옆에 두고 재수탱이만

찾다니! 내 친구 석소희 맞니?

“미안해, 오빠. 나 때문에.”

소희가 설가현 손을 붙들고 사과했다. 얼굴이 토마토처럼 벌게져서 거의 터질 지경인 설가현이 연신 괜찮다고 말했다.

“너희 둘 뭔데? 같이 있었어?”

내 말에 소희가 목소리를 큼큼 가다듬더니 말했다.

“가현 오빠 나 때문에 다친 거야. 같이 점심 먹으러 가는데 눈이 와서 바닥이 미끄럽더라고. 내가 넘어질 뻔했는데 오빠가 막아 주면서 나 대신 넘어졌어. 그래서 부러진 거야.”

“뭐? 너희 점심도 같이 먹는 사이였어? 오호라, 그래서 분식집에 간 거구먼?”

말이 예쁘게 나오지 않았다.

“점심엔 밥을 먹어야 공부를 할 거 아냐? 아, 설가인 너는 공부 안 해서 모르겠구나.”

설가현이 빈정거렸다. 마음 같아서는 한 대 때려 주고 싶었다. 잔뜩 약 오른 나를 소희가 꾹 붙들었다.

“가인아, 태양아. 할 말 있어. 가현 오빠랑 나랑 오늘부터 사귀기로 했어.”

“뭐?”

어이가 없어서 입이 떡 벌어졌다. 그걸 왜 이제야 말하는 걸까? 그 짧은 사이에 무슨 일이 벌어진 거지?

"석소희, 나랑 얘기 좀 하자."

나는 소희를 끌고 복도로 나갔다.

"이것 좀 놔. 아프단 말이야."

놀란 나머지 너무 세게 소희 팔을 붙들었나 보다.

"미안, 미안. 마음이 바뀐 계기가 뭔데? 나중에 커서도 마음이 그대로면 사귀기로 했잖아."

갑자기 소희 얼굴에 홍조가 생겼다.

"아까 가현 오빠 넘어질 때 나도 같이 넘어졌거든. 가현 오빠 배 위로 쓰러진 거 있지."

"뭐?"

그런 끔찍한 일이 벌어졌다니!

"심장이 어찌나 쿵쾅거리는지. 그냥 얼어붙고 말았어. 겨우 정신 차리고 일어섰는데 오빠가 다리가 아프다며 못 일어나더라고. 바로 119에 전화하고 오빠를 부축해서 안전한 곳으로 데려 갔어. 가현 오빠 생각보다 무겁더라. 얼마나 힘들었는지 몰라."

"정말 고생했다 너."

소희 어깨를 토닥토닥 두드렸다.

 고백부터 할게요

“그런데 갑자기 가현 오빠가 울먹거리더라고. 어찌나 아팠으면 저럴까 싶어서 계속 살폈지. 어디가 많이 아프냐고 물으면서. 그랬더니 오빠가 자기를 이렇게 걱정해 주는 사람은 내가 처음인 것 같다면서 너무 고맙대.”

나는 가만히 고개를 끄덕였다.

“병원에 와서 수속 마치는 동안 함께 있었어. 그랬더니 오빠가 나더러 그러더라. 너도 아플 텐데 날 먼저 챙겨 줘서 고맙다고, 나도 너를 지켜 주고 싶다고. 사귀자고 말이야. 그렇게 오늘부터 1일이 된 거야.”

진지하게 고백했을 설가현을 생각하니 온몸에 닭살이 돋았다. 하지만 오빠를 좋아하는 소희 앞에서 티 내는 건 실례다.

“우리 축하해 줄 거지?”

소희가 해맑게 웃었다.

“당연하지. 축하해.”

소희가 드디어 사랑을 이뤘다. 그 상대가 내 오빠인 게 속상할 뿐, 축하받아야 할 일이다. 설가현이 제 입으로 소희를 지켜 준다고 했으니, 그 약속 어기지는 않는지 내가 매의 눈으로 봐야지.

자, 잠깐. 아직 개학식 전이니 그럼 승자는 소희인가? 이번 미션은 엎치락뒤치락 승부를 따지는 게 참 어렵다.

"아참! 태양이랑 영화 봐. 오늘 오빠랑 보려고 했는데 이렇게 되어 버렸네."

소희가 문자로 영화표 두 장을 내게 보내왔다.

"뭐야. 이미 사귀는 거나 다름없었네."

둘을 보니 사귀는 건 형식적인 것일 뿐이라던 태양이 목소리가 떠올랐다. 소희랑 설가현은 이미 사귀듯 만나고 있었다.

태양이와 병원 밖으로 나왔더니 함박눈이 펑펑 내리고 있었다. 하늘을 보며 손바닥을 펼치는데, 그 뒤를 쫓아온 태양이가 가만히 우산을 내밀었다.

"키링 잘 어울린다."

태양이가 찡긋 웃으며 내 가방을 쳐다봤다. 가방에 달린 강아지와 감자, 쿠키 키링이 춤추듯 달랑거렸다. 태양이의 환한 미소에 심장이 쿵 내려앉는 것 같았다.

우리는 말없이 길을 걸었다. 눈이 녹는 것보다 쌓이는 속도가 더 빨랐다. 세상이 조금씩 새하얗게 변해 갔다.

"흠흠. 가인아."

태양이가 다정하게 내 이름을 불렀다. 그러자 피로가 한 번에 녹아내리는 것 같았다.

"응?"

고개를 들어 태양이를 바라보니 기다란 속눈썹이 파르르 떨리고 있었다.

"오늘 우리 클라이밍 땡땡이칠까?"

그 말에 웃음이 나왔다.

"뭐? 무슨 선생님이 수업 시작하자마자 땡땡이칠 궁리부터 하냐?"

"너랑 영화 보고 싶어서. 오늘 눈 오잖아."

태양이가 목덜미를 긁적였다. 오, 마음이 통했다!

나는 핸드폰을 들어 소희가 준 영화표를 보여 주었다.

"짜잔! 소희가 줬지롱. 오늘 영화 보기로 했는데 설가현 다리 다쳐서 못 본다고. 우리가 대신 보자."

내 말에 태양이가 와하하 웃음을 터뜨렸다.

그때, 앞에서 한 아저씨가 눈에 미끄러져 넘어질 뻔했다. 태양이가 내 팔을 감싸안으며 자기 쪽으로 당기는 바람에 태양이 가슴에 머리를 기대고 말았다. 쿵쿵쿵쿵. 태양이에게서 작은북 소리가 났다. 내 심장도 박자를 맞춰 요동쳤다. 나는 그 소리를 들킬까 봐 서둘러 태양이에게서 떨어졌다.

"미, 미안."

태양이가 사과했다. 하지만 난 전혀 기분이 나쁘지 않았다. 오히려 자꾸만 태양이의 어깨에 기대고 싶다는 생각이 들었다. 오르막길을 오르는 것도 아닌데 자꾸만 숨이 찼다. 백 미터 달리기를 했을 때처럼 심장이 뜀박질을 했다.

"와! 함박눈 진짜 예쁘다!"

괜히 멋쩍어서 우산 밖으로 손을 내밀었다. 솜 같은 눈이 손바닥에 떨어졌다가 녹아내렸다. 손이 금방 얼얼해졌다.

태양이가 그런 날 물끄러미 보더니 주머니에서 뭔가를 내밀었다.

"자, 이거."

핫팩이었다. 이런 건 언제 준비했지?

"고마워."

쥐어 보니 손이 금방 따뜻하게 녹았다.

"가인아, 혹시."

태양이의 목소리에 자꾸만 옆구리가 간지러웠다. 무슨 말을 하려는 걸까?

"포장지 뜯은 지 오래돼서 금방 식을 거야. 혹시 손 시리면 말해. 내가 잡아 줄게. 그, 그게 내가 손이 좀 뜨, 아니 따뜻하거든. 그냥 감기 걸릴까 봐 걱정돼서."

 고백부터 할게요

태양이가 뒷머리를 긁적이며 수줍게 말했다. 얼굴이 금방 빨개졌다.

신기한 일이었다. 태양이의 말에 마법처럼 핫팩이 효능을 다했다. 하나도 따뜻하지 않아서 손이 자꾸만 시렸다.

나는 핫팩을 길거리 쓰레기통에 집어넣었다.

"자!"

내가 손을 내밀자 태양이가 해사하게 웃으며 내 손을 꽉 잡았다. 태양이 볼에 깊은 우물이 파였다. 정말 따뜻했다. 이 온기만 있으면 무엇이든 할 수 있을 것 같았다.

일순간 세상이 고요했다. 지금 이곳에 오로지 태양이와 나만 있는 것 같았다. 차들도, 사람들도 모두 그대로 얼어붙고 오직 함박눈만 흩날리는 것처럼 느껴졌다.

둥둥둥둥. 조용한 거리에 북소리가 고요히 울려 퍼졌다. 작은 북 두 개가 하얀 세상으로 널리 널리 나아갔다.

불쑥 태양이가 어떤 아이인지 오래오래 평생 알고 싶다는 생각이 들었다. 마음속에 커다란 네모 상자를 그린 후, 가로세로 줄을 네 개씩 그었다. 그리고 상자 안에 내가 알고 있는 태양이에 대해 적어 넣었다.

조리원 동기, 생일이 같은 친구. 웃는 모습이 예쁜 아이, 클라이밍을 좋아하는 아이, 예쁜 키링을 고를 줄 아는 아이, 일기예보를 보고 미리 우산을 챙기는 아이. 오지랖이 넓은 아이, 다정한 아이, 그리고 내가 많이 좋아하는 아이.

또 뭐가 있을까? 앞으로 태양이에 대해 천천히 알아 갈 생각이다. 그리고 마침내 빙고판을 모두 채웠을 때 씩씩하게 "빙고!" 하고 외쳐야지. 지금 우리에게 사귀는 것보다 중요한 건 이게 아닐까. 서로를 깊이 알아 가는 것. 태양이와 오래오래 함께하는 것. 나는 태양이와 맞잡은 손을 그네처럼 흔들며 씩씩하게 앞으로 앞으로 걸어 나갔다.

열렬하고 가슴 뛰는 탐구

초등학교 6학년, 사랑에 빠졌다. 상대는 우리 학교 인기남이었다. 또래 남자아이들처럼 까불거리지 않고 반듯했으며, 잘생긴 데다 공부도 잘했다. 이미 내 심장은 그 애로 가득 찼지만 고백할 자신이 없었다. 그러던 사이, 그 애에게 아주 예쁜 여자 친구가 생겼다. 그렇게 나의 첫사랑은 싱겁게 끝났다.

중학교 1학년, 운동장에서 축구하는 오빠에게 반해 버렸다. 훤칠한 키와 운동할 때 발갛게 달아오르는 얼굴이 멋있어 보였다. 나는 가인이처럼 매일 점심시간마다 운동장 계단에 앉아 축구 경기를 몰래 지켜봤다.

중학교 2학년, 버스 정류장에 서 있는데 옆 반 아이가 쪽지를 건네고 갔다. 친구와 함께 내 앞을 서성거리며 힐끔거리기에 '날 놀리나?’ 짜증이 솟구치던 참이었다. 그런데 쪽지에는 좋아한다는 말과 함께 사귀자는 고백이 적혀 있었다.

‘나랑 말 한마디 안 나눠 봤으면서 좋아한다고? 왜?’

얼떨떨했지만 솔직히 기분은 좋았다. 그렇게 우리는 ‘오늘부터 1일’이 되었지만 한 달이 채 지나지 않아 헤어지고 말았다. 데이트라 해 봤자 도서관에서 만나는 게 전부였고, 얼굴만 마주치면 어색해 말이 나오지 않았다.

‘연애라는 게 이런 건가? 그냥 친구인 게 낫겠어.’

이별의 순간은 가슴 아렸지만 슬픔이 오래가지는 않았다. 내곁에는 깊은 속내를 털어놓을 수 있는, 무얼 해도 즐겁고 편안한 친구들이 있었기 때문이다.

이 작품을 쓰면서 자연스럽게 내가 좋아했던 사람들, 나를 좋아해 주었던 이들이 떠올랐다. 심장이 쿵쾅거리며 달뜨던 감정도, 사랑과 우정 사이에서 갈팡질팡하던 마음도. 그때의 나는 자신감도 용기도 부족한 아이였다. 그래서일까. 앞뒤 재지 않고 당당히 고백하고, 상처받아도 도망치지 않는 가인이가 무척 멋있게 느껴진다. 각자 저마다의 방식으로 사랑에 돌진하는 태양과 지민, 소희, 가현이 역시 마찬가지다.

가인이와 태양이는 지금쯤 어떻게 지내고 있을까? 만약 두 사람이 헤어졌대도 걱정하지는 않는다. 사귀는 건 형식적일 것일뿐, 서로의 든든한 응원군이라는 건 변함없을 테니까.

이 작품을 읽은 친구들 그리고 이 시대를 살아가는 청소년들이 마음껏 사랑하길 바란다. 나 자신을, 좋아하는 친구를, 가족을, 세상 곳곳에 숨어 있는 작은 것들까지도. 그 열렬하고 가슴 뛰는 탐구 끝에, 결국 자기 자신을 지켜 낼 단단한 심장을 갖게 되길 응원한다.

마지막으로 사랑하는 내 가족과 엉성한 원고를 탄탄히 다져 준 씨드북 편집자님께 깊은 감사를 드린다.

2026년 2월 눈 내린 다음 날
김정미 작가

고백부터 할게요

초판 인쇄 2026년 2월 27일 **초판 발행** 2026년 2월 27일

지은이 김정미

펴낸이 남영하 **편집** 강수아 조웅연 윤정빈 **디자인** 박규리 **마케팅** 김영호 박소현 **경영지원** 최선아

펴낸곳 ㈜씨드북 **주소** 03149 서울시 종로구 인사동7길 33 남도빌딩 3F **전화** 02) 739-1666 **팩스** 0303) 0947-4884

홈페이지 www.seedbook.co.kr **전자우편** seedbook009@naver.com **인스타그램** instagram.com/seedbook_publisher

ISBN 979-11-6051-810-8(43810)